Skaten!

afgeschreven

Ook van Mirjam Oldenhave:
Mees Kees – Een pittig klasje
Mees Kees – Op de kast
Klem!
Control & Copy

Mirjam Oldenhave

Skaten!

Uitgeverij Ploegsma Amsterdam

Kijk ook op:
www.mirjamoldenhave.nl
www.ploegsma.nl

ISBN 978 90 216 6559 7 / NUR 282

Eerste druk 2008
© Tekst: Mirjam Oldenhave 2002, 2003
© Illustraties: Wilbert van der Steen, 2002, 2003
Omslagfoto: Timothy Passmore
Vormgeving omslag: Annemieke Groenhuijzen
© Deze uitgave: Uitgeverij Ploegsma bv, Amsterdam 2008

Eerder verschenen onder de titels: *De Rolling Bones en
de truc van de trainer, De Rolling Bones en de foute foto* en
De Rolling Bones en de strijd om de Postzegel bij Uitgeverij
Van Holkema & Warendorf

Mixed Sources
Productgroep uit goed beheerde
bossen, gecontroleerde bronnen
en gerecycled materiaal.
www.fsc.org Cert no. CU-COC-803223
© 1996 Forest Stewardship Council
FSC

Inhoud

De truc
van de trainer

Dit ben ik. Mijn naam is Jordan Blaak. De foto's in dit boek zijn allemaal door mij gemaakt. (Ook deze.)

Ik ben heel blij dat ik die foto's heb, anders had niemand ons geloofd. Ook jij niet.

Nou, hier komt het: het verhaal van de Rolling Bones.

1

Dit zijn de Rolling Bones. (Ik sta er niet op, maar ik hoor er dus wel bij.) We zitten hier te kijken naar een wedstrijd tussen de Boemerangs en de Panters.

Meteen nadat ik deze foto had genomen, zag ik een vreemde kerel staan, aan de overkant van het pleintje. Ik stootte Idris aan. Dat is die kleine, helemaal links.

'Er staat een vent naar ons te loeren,' zei ik.

Idris keek rond. 'Dat is tante Corrie.'

Tante Corrie is een soort pleinwacht die ervoor zorgt dat alles goed gaat. Ze lijkt inderdaad net een man.

Ik wees. 'Nee, ik bedoel daar!'

Toen zag Idris hem ook. 'Kijk, een kinderlokker,' zei hij tegen Gloria, die naast hem zat.

'Nee gek, dat is tante… O ja,' zei Gloria.

'DOELPUNT!' werd er gebruld. Iemand van de Boemerangs schaatste een ererondje met zijn stick in de lucht.

Dat meisje naast Gloria is Kit. Zij is de beste skater van ons allemaal, ook van de Panters en de Boemerangs. Dat weet ze, alleen weet ze niet dat wij het ook weten.

'Misschien is het een trainer, op zoek naar jong talent!' riep Kit, toen ze de man zag. 'Ik wil spelen, hij moet me zien skaten!' Ze stond op en vormde met haar handen een toeter voor haar mond. 'Maak eens een doelpunt!'

Als een team twee doelpunten heeft gemaakt, moet de verliezer eruit. Dat is de regel.

De Boemerangs begonnen een aanval, ik zat klaar met mijn fototoestel, een schot…

'Tweede doelpunt, wij zijn.' Kit was al opgestaan. 'Ik hoop dat die man blijft kijken!'

De Panters reden naar de kant, wij naar het midden.

'Wie is die vent?' vroeg Brian van de Boemerangs.

'Ik denk iemand van de gemeente,' zei Idris. 'Het schijnt dat ze hier een zwembad gaan bouwen.'

De Boemerangs zijn groter dan wij, en ouder. En toch winnen wij even vaak als zij. Dat komt omdat wij veel beter samenspelen.

Omdat we wisten dat die man stond te kijken, sloofden we ons nog erger uit dan anders. Bal aannemen, zigzag naar voren en afspelen. Het leek wel of we met onzichtbare draadjes aan elkaar vastzaten.

Maar de Boemerangs waren ook in vorm. Zodra ze de bal hadden schoven ze als een bulldozer naar de overkant en daar mepten ze met al hun botte kracht de bal naar ons doel. Jammer genoeg voor hen stond daar natuurlijk Roel, onze super-goalie.

Het stond nul-nul toen de fluit ging.

Elke dag om kwart voor zes blaast tante Corrie op een fluit en dan moet je echt direct stoppen. Sta je net op het punt om het mooiste doelpunt van de dag te maken? Jammer voor jou, stoppen! (Idris kan die fluit heel goed nadoen, met zijn tong dubbelgeklapt tegen zijn tanden. Soms doet hij dat, net op het moment dat de vijand wil scoren.)

Na het fluitsignaal hebben we een kwartier om onze skates uit te trekken. Schoenen aan, doelen en sticks in het koffiekeet-je zetten en dan wegwezen.

Om zes uur precies sluit tante Corrie het hek van de Postze-gel. Zo heet ons pleintje. Het hoort eigenlijk bij het bejaarden-tehuis dat ernaast staat. Maar omdat tante Corrie zo goed oplet, mogen we het gebruiken.

De onbekende man stond met de Panters te praten toen we naar de kant kwamen. Hij was bruin. Niet zo donker als bij-voorbeeld Gloria, maar meer zoals mijn moeder in de zomer.

Brian Boemerang reed meteen naar hem toe. 'Hé, er is al-lang een zwembad, drie straten verderop!' zei hij.

'Wat klets je nou, man!' fluisterde een jongen van de Pan-ters. 'Hij is een trainer!'

'Shiiiit,' mompelde Brian en hij keek héél kwaad naar Idris, waardoor hij net een buldog leek.

'Dat dacht ik wel!' riep Kit. 'Bent u trainer bij skate-hockey?'

De man knikte. 'Ik heb mijn ogen uitgekeken! Jullie barsten van het talent!'

Iedereen ging rechterop staan. Ik ook, het ging vanzelf.

'Dat weten we,' zei Idris, de verwaandste jongen van de wereld. 'Kijk, we komen hier allemaal élke middag. Je komt al-leen ergens elke middag als je het leuk vindt. En je vindt alleen iets leuk als je er goed in bent. Conclusie: iedereen is goed!' Hij keek tevreden om zich heen.

De trainer moest lachen. 'Kletsen kun je ook al,' zei hij. 'Maar serieus, het enige wat er bij jullie aan ontbreekt is goede techniek. Voetenwerk, stickvoering, noem maar op.'

'Kunt u ons niet trainen?' vroeg Gloria.

Goed idee!

De kaken van de trainer gingen op en neer. Ik zag dat hij twee kauwgompjes in zijn mond had, eentje links en eentje rechts. 'Ik heb eigenlijk geen tijd,' zei hij, 'maar deze kans laat ik niet schieten. Ik kom morgen terug.'

'Opschieten, stelletje treuzelaars!' Tante Corrie stond al bij het hek. 'Ik sta hier niet voor Jan-je-weet-wel te wachten!'

'Zo!' mompelde de trainer geschrokken. Hij gaf ons een knipoog, liep met een wijde boog om tante Corrie heen en verdween.

'De Boemerangs hebben geen gevoel voor humor,' zei Idris toen we naar huis liepen. Hij hinkte omdat Brian tegen zijn kuit had getrapt.

'Als we een trainer krijgen, worden we dan één team met de Boemerangs en de Panters?' vroeg ik bezorgd.

'Getver!' riep Idris.

'Om de beurt trainen kan toch ook?' zei Gloria.

Kit liep als een opgewonden kangoeroe om ons heen te springen. 'We worden kampioen! Eerst van de Postzegel, dan van Nederland en dan van de wereld!'

'Eerst nog van Europa,' zei ik.

Kit schudde haar hoofd. 'Je hebt geen Europese kampioenschappen bij skate-hockey.'

Zij kan goed skaten, maar niet goed toegeven.

'Wij blijven natuurlijk wel één team!' zei Idris. 'Onze kracht is eh…'

'…dat we één team blijven,' vulde ik snel aan. Ik wist namelijk precies waarom hij dat zei. Hij was bang dat Kit als enige uitgekozen zou worden door de trainer. Zonder haar zijn we goed, maar mét haar zijn we supergoed.

Gloria sprong op Roels rug. '*De Rolling Bones gaan nóóóit verloren, knoop dat in je oren, van achteren en van voren,*' zong ze.

Roel liep gewoon door, hij is zo'n koude kikker! Als we scoren, balt hij heel even een vuist. Je ziet het haast niet, zo snel doet hij het. Dat is alles.

'Ik ga vanavond extra oefenen op de parkeerplaats,' zei Kit.

'Voetenwerk en stickvoering?' vroeg ik.

'Ja, hè, hè, wat anders!' antwoordde ze.

2

'Als we ontdekt worden, moet ik misschien van school af,' zei ik, toen we aan tafel zaten. Ik had al verteld over de trainer.

'Ik wil ook ontdekt worden!' riep Tom. Hij is mijn broertje van zes.

'Als wat dan wel niet?' vroeg ik.

'Jullie zijn allang ontdekt,' zei mijn moeder plechtig. 'Als twee prachtige mensen, door papa en mij.'

Braak, braak. Zelfs mijn vader kijkt de andere kant op als zij dat soort dingen zegt.

Mijn vader is fotograaf. Hij maakt pasfoto's en trouwfoto's. Daarom heb ik als enige van de klas een digitale camera, de oude van mijn vader. Die past in mijn broekzak want de camera is zo klein als een pakje sigaretten. Wat ik goed kan, is stiekem foto's maken. Dan doe ik alsof ik over mijn voorhoofd wrijf en dan heel voorzichtig... Klik!

Ik word later fotograaf of skate-hockeyer.

De volgende dag reden we meteen na school naar de Postzegel. De Boemerangs waren al aan het spelen, twee tegen twee met één doel.

'Hé!' riep tante Corrie tegen Gloria en ze wees op de prullenbak.

Gloria spuugde gauw haar kauwgom erin.

Tante Corrie zat zoals altijd met haar dikke billen op een heel klein krukje.

Ze blijft altijd een halfuurtje zitten. Dan gaat ze terug naar de kantine van de sporthal, want daar werkt ze. En om kwart voor zes komt ze dus weer terug om de hekken te sluiten.

Veel mensen denken dat tante Corrie niet aardig is. Mis, ze is juist superaardig! Je moet haar gewoon even kennen. Als zij bijvoorbeeld 'lamstraal' zegt, bedoelt ze 'lieve jongen'. Zo is ze nu eenmaal. Een keer waren Kits vader en moeder tegelijk ziek en toen heeft Kit een hele maand bij tante Corrie gelogeerd. Hoezo onaardig!

Kit scoorde direct in de eerste minuut. Ze keek snel rond om te zien of de trainer niet toevallig al aangekomen was. Nee, er stonden alleen twee Panters. We gingen gauw verder. Een grote Boemerang aan de bal. Hij zoefde in zijn eentje naar voren, voorbij Idris, voorbij Gloria maar toen, hup, pikte Kit de bal van hem af. Ze passte naar mij, ik stopte hem niet eens, maar schoof hem soepel door naar Gloria, die kriskraste naar voren. Een schot... doelpunt!

'Twee-nul, wij zijn!' riep een van de Panters.

'Echt niet!' schreeuwde Kit. 'Jullie zijn maar met zijn tw...' Ze hield ineens haar mond.

De trainer was er weer!

Typisch de Boemerangs, ze gingen meteen extra ruw spelen. Duwen, tackelen... Niet dat het hielp: wij werden er alleen maar beter van. Floep, floep, we glipten als palingen tussen die lompe lijven door. Drie-nul, boe, boe Boemerangs!

De Panters waren nu compleet, de Boemerangs gingen naar de kant. Ik hoefde niet bang te zijn dat ze de trainer meteen gingen inpikken. Die was echt niet geïnteresseerd in beton-blokken op wieltjes! Hij stond naar ons te kijken als een schaker naar zijn stukken. Alsof hij mooie zetten aan het uitdenken was. Af en toe schreef hij zelfs iets op. Toen riep hij ons. 'Ga even zitten, jongens.'

Normaal gesproken luisteren we alleen naar tante Corrie,

maar nu zaten we binnen één seconde keurig op en naast de bank. De trainer bekeek ons, één voor één, alle vijftien. Ik werd er bloedzenuwachtig van. Soms knikte hij, soms hield hij zijn hoofd even scheef. Wij leken net kleine kleutertjes die bij Sinterklaas waren, iedereen had zijn mond openhangen.

Hij gooide een kauwgompje in zijn mond. 'Jongens, ik wil met jullie aan de slag! Ik haal even de contracten.' Hij liep het hek uit. Daar stond de mooiste auto van de wereld:

(Ik heb hem thuis meteen opgezocht in mijn autogids. Het is een Alfa Romeo Brera.)

De Boemerangs begonnen te hossen. Achter elkaar aan, net als bij carnaval, maar dan op skates. Ze zongen (nou ja, zongen…) van woojoo, woololooo, net of ze bier hadden gedronken.

De Panters reageerden alsof ze een goede mop hadden gehoord. Die zaten te lachen, te lachen!

En wij? Ik, om te beginnen, maakte van pure blijdschap aan

16

een stuk door foto's. (Als ik opgewonden of zenuwachtig ben, krijg ik altijd trilhanden.)

Gloria en Kit gingen hand in hand skate-dansen. Idris deed een overspannen sportverslaggever na. En Roel bleef gewoon rustig zitten, die droge.

De trainer kwam terug met een stapel papieren. Hij ging op het krukje van tante Corrie zitten en zei dat we om de beurt bij hem moesten komen. Ik ging eerst. Hij moest mijn naam en adres weten, hoe oud ik was en hoeveel ik woog.

Uiteindelijk kreeg ik een contract, dat ik samen met mijn ouders moest doorlezen. Het was wel zes blaadjes dik!

'Volgende!'

De goalie van de Boemerangs ging. Ondertussen stond iedereen tegen mij aan te duwen om mijn contract te kunnen lezen.

'Kijk, we krijgen speciale kleding!' riep een Boemerang.

'En hier staat dat andere clubs ons tijdens de training niet mogen opkopen!' zei een kleintje van de Panters teleurgesteld.

Iedereen moest keihard lachen. Alsof iemand hém zou willen kopen!

'Volgende!'

Brian Boemerang ging.

'We mogen mee als publiek naar ijshockey-wedstrijden!' schreeuwde de goalie van de Boemerangs.

'Waar staat dat, waar staat dat!' Opgewonden bladerde ik het contract door.

Kit werd bijna gek! Ze sprong en danste en dat allemaal op skates.

'Volgende!'

Kit ging.

'Elke dag trainen, behalve zondag,' zei Brian. 'In de sporthal! Wow, we gaan binnen trainen!'

Ineens gebeurde er iets geks. Kit kwam terug, zonder contract. Ze plofte op de bank.

'Wat is er?' vroeg Gloria.

'Volgende!' riep de trainer.

Kit huilde. (Ik maakte natuurlijk geen foto, zo'n fotograaf ben ik niet!)

Gloria is iemand die meteen mee gaat huilen. Ik weet niet of ik dat nou lief vind of juist aanstellerig.

'Waarom huil je?' vroeg Gloria wanhopig.

'Omdat die trainer een rotzak is, daarom!' zei Kit.

'Wat is er dan?' vroeg Idris.

Alle Rolling Bones zaten nu op de bank. De Boemerangs en de Panters bleven nieuwsgierig in de buurt staan.

Kit veegde met een woest gebaar haar tranen weg. 'Er mogen geen meisjes meedoen.'

WAT?

Niemand zei iets.

Kit wees naar de trainer. 'Hij zegt, er zitten nooit dames in de top van het skate-hockey, daar wordt te ruw gespeeld. Dus heeft het voor hem geen zin om met meisjes te werken.' Haar handen trilden, zo woedend was ze.

Ik baalde! Nu móesten we wel samensmelten met die lompe Boemerangs en die slome Panters.

Idris schraapte zijn keel en zei: 'Tja, de sportwereld is nu eenmaal kei- en keihard.'

Net toen Gloria haar stick naar Idris' hoofd wilde gooien, zei Roel iets, namelijk: 'De Rolling Bones hebben helemaal geen trainer nodig.'

Heel langzaam drong tot me door wat hij zei.

Gloria ging naast Roel zitten en legde haar hand op zijn knie. Haar bewegingen waren trager dan normaal. 'Inderdaad!' zei ze, met haar blik strak op Idris gericht. 'Dan spelen WIJ, de Rolling Bones, gewoon zonder trainer.' Ze keek naar de Boemerangs en de Panters, die schouder aan schouder stonden te genieten van onze show. (Zij hebben allebei alleen maar jongens.) 'Wij laten elkaar namelijk niet in de steek!' riep ze.

'Onze kracht is dat we één team zijn!'

Idris lachte nerveus.

'Ja toch, Jordan?' vroeg Kit aan mij.

Ik trok mijn skate open en klikte hem weer dicht. Volgens mij bloosde ik tot in mijn vingertoppen. Wat een oen was ik, natuurlijk bleven we samen! Ik knikte snel.

Idris had het ook door. 'Tuurlijk, tuurlijk!' Hij klonk als een kalkoen. 'Wat ik net wilde zeggen: De sportwereld is keihard, maar er bestaat ook nog zoiets als… als…'

'Als uit je nek zwetsen!' riep de allerlompste Boemerang. 'Gooi die grieten er toch uit! Het is geen knutselclubje!'

'Volgende!' riep de trainer.

'Knutselclubje!' Dat kleine opdondertje van de Panters lachte zich een breuk. 'Jongens en meisjes, we gaan vandaag beginnen met het vouwen van een muts. Au!'

Dat laatste riep hij omdat Brian hem keihard op zijn helm ramde. 'Hou op, man! Het is best zielig voor ze.'

Hier heb je dat Pantertje.

Intussen had Idris alles weer onder controle. Hij ging heel dicht bij dat kleine Pantertje staan. 'Oóit koop jij een kaartje, een peperduur kaartje, omdat je een wedstrijd van de wereldberoemde Rolling Bones wilt zien. Knoop dat maar in je flaporen!'

(Die heeft dat Pantertje namelijk, zijn oren staan zó ver van zijn hoofd af, dat hij sprekend op Mickey Mouse lijkt.)

'Volgende!'

3

Met zijn vijven gingen we naar de trainer.

Idris nam het woord: 'Of u traint ons allemaal, of we trekken ons terug.' Hij trok een héél ernstig gezicht.

De trainer keek op van zijn blaadjes en schudde zijn hoofd. 'Denk even na, jongens! Deze kans krijg je maar één keer in je leven. Ik ga topsporters van jullie maken!'

Topsport! Mijn hoofdhuid prikkelde van het zweet, ik maakte snel mijn helm los.

'Maar waarom mogen er dan geen meisjes meedoen?' vroeg ik.

'Omdat ik jullie wil begeleiden tot aan de eredivisie, zal ik maar zeggen. En daarin spelen nu eenmaal geen dames, want daar gaat het er veel te ruw aan toe.'

'Tssss,' deed Kit.

De trainer keek mij aan. 'Over een paar maanden is het zomertoernooi. Dat ga ik winnen met jullie!'

Actiefoto's… Nou en? dacht ik zo hard mogelijk. Nou en, nou en, nou en?

De trainer keek naar Kit en Gloria. 'Zeg maar tegen jullie vriendjes dat het heel lief van ze is, maar ook heel dom en dat het van jullie echt niet hoeft.'

Eerst dacht ik dat Kit het nog ging zeggen ook. Toen dacht ik, o nee, ze gaat hem in zijn gezicht spugen. Maar uiteindelijk deed ze helemaal niks. Ze stond gewoon haar tranen tegen te houden.

'Wie zegt dan dat de Rolling Bones niet meedoen aan dat zomertoernooi?' vroeg Idris met een arrogante blik.

Hé, goeie van hem!

'Sorry jongens,' zei de trainer. 'Maar je mag alleen meedoen als je een officiële trainer hebt. Kijk, het echte talent ligt op straat, dat heb ik nu wel weer gezien. Maar zonder goede begeleiding blíjft het daar ook liggen!' Hij zuchtte diep, alsof hij het rot voor ons vond. 'Als één van jullie zich bedenkt: hierop staat mijn telefoonnummer.' Hij gaf een blauw visitekaartje aan Idris. Daarna keek hij langs ons heen. 'Volgende!'

Heel langzaam verlieten we de Postzegel. Ik keek nog één keer om. Stonden de Panters en de Boemerangs ons met vochtige ogen na te kijken? Nee, ze gingen gewoon weer spelen.

Idris keek ook om. 'De Boemerangs zouden elkaar wel in de steek laten, zeker weten!'

'De Panters ook,' zei ik.

Kit schaatste achterstevoren en keek Idris en mij aan. Boos, ernstig, of een beetje lachend? Ik weet het niet meer. Ik voelde me in ieder geval niet schuldig! Het gaat toch om wat je dóet, en niet om wat je daarvoor heel, heel even gedacht hebt?

Ik zei maar niks. Roel ook niet, maar die zegt nooit iets. Ja, behalve daarnet. Gloria had Kits hand gepakt. Zij is heel aanrakerig, ook bij ons. Ik hou altijd mijn adem in en zeg in mijn hoofd 'laat los', tot ze weer loslaat. En soms verzin ik iets waardoor ze los móet laten. Dan ga ik bijvoorbeeld bukken om mijn veter te strikken.

Ineens ging Idris irritant doen. 'We hebben ons trouwens wél voor jullie opgeofferd!' zei hij.

'Moet ik je voeten soms kussen?' snauwde Kit.

Idris ging door. 'Als die trainer alleen jou had uitgekozen, wat had je dan gedaan?'

'Hou je kop nou maar,' zei ik, maar het was al te laat.

Kit werd rood van woede. 'Heilig klootboontje! Ik zag heus wel dat je eigenlijk zonder ons door wilde, hoor! Ik ben niet hiero!' Ze bonkte op haar voorhoofd.

'Fijn voor jou.' Idris keek zo stoer mogelijk de andere kant op. Wij kunnen geen van allen tegen Kit op als ze boos is.

'En trouwens, waarom heb je dat visitekaartje aangenomen? Ga dan terug! Verrader!'

'Ach, man,' mompelde Idris.

Kit wees achter zich. 'De Panters zullen je met open armen ontvangen, want dat is wat je eigenlijk bent: een echte Panter!'

'Oh, dat is gemeen!' riep ik geschrokken.

Idris kneep zijn ogen tot spleetjes.

Oei, oei, die gaat ontploffen, dacht ik.

'We moeten een trainer zoeken.' Dat was Roel. Hij had zonder dat ik het gemerkt had mijn contract uit mijn rugzak gepakt en ging ermee op de stoeprand zitten.

Kit keek naar hem, toen weer naar Idris. Ze stonden haast neus aan neus.

'Nou ja, sorry dat ik je een echte Panter noemde,' zei ze uiteindelijk.

Kit die 'sorry' zegt!

'Zand erover,' zei Idris stoer.

We lazen het contract helemaal door, en deden een belangrijke ontdekking: WE ZOUDEN HET NIET EENS WILLEN!!

Ook al zou die trainer ons op zijn knieën smeken. Zelfs al zou hij zeggen: 'Jullie mogen bij elkaar blijven en Gloria en Kit zijn meer dan welkom!'

Nee meneer, u kunt de pot op!

Weet je waarom we het niet eens gewild hadden? Omdat je helemaal niks meer mag als je het contract hebt getekend. Die trainer beslist alles! Je moet kleren dragen met zijn naam erop. Je moet per se bij hem blijven trainen tot aan het zomertoernooi.

'Wij zijn de Rolling Bones en geen speelgoedsoldaatjes!' riep Idris. 'Dit is een wurgcontract!'

Zulke woorden kent hij namelijk.

(Deze was heel moeilijk te nemen, want ik moest bukken met skates aan.)

Ik kreeg wel een kriebeltje in mijn buik bij het idee dat een club mij zou willen kopen. En ik zag Kit ook dromerig in de verte staren.

Maar Gloria riep: 'De Boemerangs en de Panters zijn er mooi ingestonken!' Ze sloeg Roel op zijn schouder. 'Ja toch, Roel?'

'Zeker weten,' zei Roel.

Toen gingen we heel hard zingen van *we are the champions*.

4

We moesten dus een trainer zoeken. Eerst probeerden we de buurman van Gloria. Die is voetbaltrainer en Gloria zegt dat hij nooit nee kan zeggen. Hij was nog thuis ook.

'Dag buurman, wil jij de Rolling Bones trainen?' vroeg Gloria.

Hij schrok zich een ongeluk. 'Maar jongens, dat kan ik niet zomaar!'

'Dat hoeft ook niet,' zei Idris. 'U hoeft alleen maar te zéggen dat u onze trainer bent.'

De buurman wreef over zijn ongeschoren kin. 'Als jullie nou noppen hadden in plaats van wieltjes…'

'Aaaah!' zeurde Kit.

'We hoeven alleen maar uw naam door te geven!' ging ik door.

De buurman keek steeds benauwder. Ineens haalde hij diep adem en het leek erop dat hij 'ja' ging zeggen, maar op dat moment kwam zijn vrouw de gang in.

'Hij heeft echt geen tijd, hoor. Hij traint al negen elftallen, hij heeft het veel te druk! Dag jongens!' Ze duwde gewoon de deur dicht. De buurman moest gauw naar achteren stappen, anders zat hij ertussen.

'Sorry,' zei hij nog snel.

Daarna reden we naar het politiebureau. De oom van Idris is rechercheur. Misschien wilde hij ons wel trainen. Hij is bijna altijd onderweg op de motor, maar we hadden mazzel, want nu zat hij achter de balie. 'Ik heb geen tijd, jongens! Ik ben een gevaarlijke oplichter op het spoor,' zei hij. Hij schudde met zijn hand en blies erop. Bloedjelink, betekende dat.

'Geen tijd, geen tijd, geen tijd!' mopperde Kit toen we wegreden. 'Wat is er nou belangrijker dan skate-hockey?'

Buiten voor de deur stond een dakloze. Dat wisten we, want hij riep: 'DÁK... lozenkrant!'

We reden gewoon door, maar Gloria stopte. 'Meneer, wilt u misschien onze club trainen?'

'Nee, gek!' siste Kit.

'Waarom niet?' vroeg Gloria.

De dakloze stak een vinger in de lucht en luisterde naar iets wat wij niet konden horen. Toen zei hij: 'Trainen met die benen!' en moest daar vreselijk om lachen.

Ik zag zijn zwartbruine gebit en dacht snel aan ijskoud water. Dat doe ik ook als iemand over bijvoorbeeld overgeven vertelt.

'U hoeft niets te doen,' probeerde Idris. 'Alleen maar te zéggen dat u trainer bent.'

'Laat maar,' fluisterde Kit.

Hier zitten we: de Balende Bones.

'Dan maar geen zomertoernooi,' zei Gloria. 'Maar we blijven wel gewoon spelen!'

'Hoe kunnen we nou spelen zonder de Boemerangs en de Panters!' Kit keek kwaad, alsof het allemaal de schuld van Gloria was.

'Twee tegen twee met Roel op doel,' zei ik.

'Ja hoor, lekker spannend!' Kit stond op. 'Ik ga een briefje ophangen in de supermarkt om mijn skates te verkopen. En dan vraag ik of ik op ballet mag.'

Kit op ballet. Je kent haar van de foto's, zie je het voor je?

'Dat is een goed idee!' riep Idris.

'Niet flauw gaan doen, Idris,' zei Gloria.

Idris pakte zijn rugzak. 'Nee, dat briefje, bedoel ik! In de supermarkt! Voor een trainer!'

Meestal komt er onzin uit die jongen, maar af en toe, ineens...

Hij kreeg zelfs een kusje op zijn helm van Gloria. 'Gatver,' zei hij.

'Hier, je mag mijn pen gebruiken.' Kit had een pen in de vorm van een hockeystick.

'Wat willen we precies?' vroeg Idris.

Ik deed mijn ogen dicht en dacht na. Ik probeerde in mijn hoofd een foto te maken van de trainer. Hij moest wel stoer zijn, niet zo'n zeurpietje als de buurman. Aardig, maar ook streng...

'Tante Corrie,' zei Roel.

We keken hem aan. Het leek wel of we allemaal in stilte tot drie telden, want daarna riepen we precies tegelijk: 'Tante Corrie, natuurlijk!'

We reden hard, maar kwamen nét te laat bij de Postzegel aan. 'Daar, ik zie haar wegrijden!' riep ik.

Tante Corrie heeft een hulpmotortje op haar fiets, die daardoor net zoveel herrie maakt als een opgevoerde brommer.

'Tante Corrie!' schreeuwde Kit.

We keken allemaal naar Idris. Hij knikte, trok de bandjes van zijn skates strak, gooide zijn rugzak af en tjak, tjak, met korte felle halen schoot hij achter tante Corrie aan.

Hij lijkt echt op een voetzoeker als hij sprint. Bij de bocht greep hij de lantaarnpaal, slingerde er zonder vaart te minderen omheen en verdween uit het zicht.

'Haalt hij niet,' zei Kit.

'Haalt hij wel.' Gloria pakte Idris' rugzak op en veegde het zand eraf.

'Haalt hij…' Ik wilde 'wel' zeggen, maar het hoefde niet meer, want daar waren ze al. Idris hield het achterrekje van tante Corrie vast en liet zich voorttrekken.

Tante Corrie zette het motortje af en sloeg haar armen over elkaar.

Zie je dat mandje voorop? Daar zat Snor altijd in, het hondje van tante Corrie. Maar hij was net twee weken dood (ouderdom). Niet dat ze daarom zo chagrijnig deed, want zo doet ze dus altijd.

Gloria vertelde wat er gebeurd was.

Toen ze klaar was riep tante Corrie: 'En wat valt er dan te sippen? Jullie laten je toch niet kisten door zo'n yup?'

'Hij heeft de Boemerangs en de Panters afgepikt!' zei Kit boos. 'En wij mogen niet aan het zomertoernooi meedoen.'

'O nee?' Tante Corrie trok één wenkbrauw op. 'Wie beslist dat dan?'

Idris keek naar zijn skates. 'We moeten per se een trainer hebben. En eh, nu dachten we…'

Iedereen was stil. Tante Corrie wachtte af.

Gloria durfde het te vragen. 'Zou u onze trainer willen zijn?'

'Ik dank je feestelijk!' riep tante Corrie meteen.

'U hoeft niks te doen, we geven alleen uw naam door,' zei ik.

Tante Corrie keek alsof ze ons volkomen gestoord vond.

Idris vertelde over het zomertoernooi. 'Die trainer beweert dat we het niet kunnen zonder hem. Dus wij gaan mooi even het tegendeel bewijzen,' eindigde hij zijn verhaal.

Tante Corrie kauwde op haar tong. Ik kreeg een minisprankje hoop.

Toen trok ze aan het touwtje van haar motortje, keerde de fiets, zwaaide, reed langzaam weg…

Maar zei nog net: 'Schrijf mijn naam maar op!'

Het leek wel of we een belangrijke wedstrijd hadden gewonnen, zo blij waren we.

'Kom, we gaan plannen maken.' Gloria sloeg haar arm om Kit heen. 'Nu komt alles goed!'

'Ja, ja,' mompelde Kit.

Dat is toch flauw, als Gloria zo aardig doet? Nou ja.

We gingen met onze rug tegen het hek zitten en wie kwam daar aangeslenterd? Heel stoer, met zijn handen in zijn zakken? Brian van de Boemerangs! Hij zag ons niet, absolúút niet! O, o, wat zag hij ons niet! Hij ging een eindje verderop naar de lucht staan staren.

Kijk, zo stond hij erbij, cowboy Brian. Hij floot het Wilhelmus, tenminste daar leek het op.

'Hé Brian,' riep Idris. 'Wij doen ook mee aan het zomertoernooi!'

Brian keek niet eens om. 'Jullie doen je best maar,' zei hij.

'En het leuke is dat we nog gaan winnen ook!' ging Idris verder.

'Lekker voor jullie.' Eigenlijk zag Brian er niet vrolijk uit.

'Tante Corrie gaat ons trainen,' riep ik.

Nu keek hij heel even om.

'Dat contract van jullie is een moordcontract!' riep Kit.

'Wurgcontract,' fluisterde Idris.

'O ja, wurgcontract!' zei Kit gauw.

Brian kwam dichterbij, nog steeds met een gezicht alsof hij niets met ons te maken had.

'Jullie zijn er lekker ingestonken!' zei Kit.

'Jullie? Wie zegt dan dat ik meedoe?' vroeg Brian.

'Doe jij niet mee dan?' vroeg Gloria na een tijdje.

'Ik kijk wel uit,' zei Brian.

'Je mag zeker niet van je moeder!' riep Kit.

'En wat dan nog?' antwoordde Brian.

Roel stootte Gloria aan. 'Drie tegen drie met vliegende keep,' fluisterde hij.

Gloria keek nadenkend naar Brian en knikte langzaam.

'ECHT NIET!' Idris had het gehoord. 'Je denkt toch zeker niet dat ik met een Boemerang ga spelen, hè?'

Drie tegen drie met vliegende keep…

'Dan kunnen we tenminste weer wedstrijdjes spelen,' fluisterde Kit.

'Niet voor vast, Idris,' zei ik gauw. 'Voorlopig, totdat we iets beters weten.'

Idris voelde blijkbaar dat hij alleen stond. 'Ooh, voorlópig! Zeg dat dan!'

'Hé Brian,' riep Gloria. 'Hoor eens.'

5

Brian wilde wel met ons spelen. 'Mij best,' had hij gezegd.

Hier is het vrijdagmiddag, één dag later. Het was vreemd leeg op de Postzegel, zonder de Boemerangs en de Panters. Brian vertelde dat ze al naar de sporthal waren, want ze moesten onderzocht worden door een speciale dokter. En 's avonds was er een informatieavond voor hun ouders.

Kit ging keihard rondjes schaatsen over de Postzegel. 'Lekker veel ruimte voor onszelf!' riep ze.

Ik kon het niet uitstaan dat ze zo deed. Door háár stonden wij nu niet in de sporthal! Ze mocht wel een beetje dankbaarder doen. Er was níets aan haar te merken, ook niet aan Gloria. Ze waren juist extra vrolijk.

We speelden dus drie tegen drie: Idris en ik met Brian als vliegende keep tegen Roel en de meiden.

Het was een verschrikkelijk stomme middag. Echt niet omdat wij verloren, maar er was gewoon niks aan. Om te beginnen speelde ik de bal steeds per ongeluk naar Kit, die dan 'dank u' zei en meteen scoorde. Verder zat Idris de hele tijd op Brian te mopperen omdat hij ballen doorliet en daardoor werd Gloria weer kwaad op Idris. Toen het vijf-twee stond was ik helemaal kapot. Normaal wisselen we altijd na twee doelpunten met de Panters of de Boemerangs, maar nu konden we door en door en door.

Lang voordat tante Corrie de hekken zou komen sluiten, zaten we al uitgeput op de bank. Alleen Kit en Roel waren nog penalty's aan het oefenen.

'Dit gaat niet goed,' hijgde Gloria. 'We moeten écht trainen, maar hoe?'

'Voetenwerk en stickvoering,' zei ik.

'Ja, hè hè! Maar weet jij hoe dat moet?' vroeg Gloria.

'Het is niet eerlijk!' Idris was kleddernat van het zweet. 'Zo raken we natuurlijk achter op hen!' Bij 'hen' knikte hij naar Brian.

Brian keek naar Roel en Kit. 'Jullie goalie is best goed,' zei hij.

Roel keept als een trekpop. Hij blijft stokstijf staan en op het allerlaatste moment steekt hij razendsnel een been uit, of een arm. Meer niet, hij zal nooit duiken of springen.

Idris had duidelijk zin om te etteren. 'Hé Boemerang,' zei hij (tegen Brian dus). 'Waarom wil jij eigenlijk niet met de trainer spelen?'

Brian bleef gewoon voor zich uit kijken, maar ik zag een zenuwtrekje bij zijn mond. 'Idris, hou even op, man,' zei ik zachtjes.

'We hebben toch het recht om dat te weten?' zeurde Idris.

Brian draaide zich naar hem toe. 'Dat heb ik allang verteld, dove kwartel!'

Ik dacht diep na. Wat had hij dan gezegd?

'O ja, je mocht niet van je moeder!' zei ik.

Brian knikte.

Ik was bang dat Idris verder ging etteren, maar Gloria keek hem héél streng aan. 'Verstandige moeder!' zei Idris toen snel.

In de verte hoorden we het geronk van tante Corries fiets.

'Ho!' riep Gloria ineens. 'Niks zeggen! Stil!'

Niet dat iemand iets zei.

'Ik weet het! Ik heb het! Lóóógisch natuurlijk!' Gloria was opgesprongen. 'Kit, Roel, kom eens!'

Dit was Gloria's idee: 'We vragen of tante Corrie wil spioneren in de sporthal! Ze hoeft alleen maar te onthouden wat ze daar leren, dan doen wij het gewoon na op de Postzegel.'

Simpel en briljant.

'Ik dank je feestelijk!' zei tante Corrie. 'Ik heb wel wat beters te doen.'

'Aaaah,' zeurde Kit.

'Anders zijn we kansloos!' riep Gloria.

Idris schraapte zijn keel. 'Het is namelijk oneerlijk, ziet u. Zij hebben zo'n yup met geld, die koopt alle spullen voor ze en leert hun de trucjes. Daar kunnen we nooit tegenop, ook al trainen we ons te pletter!'

Slim! Tante Corrie noemt iedereen waar ze een hekel aan heeft altijd 'yup'.

Ik probeerde ook wat: 'Bijvoorbeeld: u ziet dat ze moeten hinkelen. Nou, dan vertelt u dat aan ons en dan gaan wij ook hinkelen.'

'Ja hallo! Ik ga echt niet hinkelen, hoor!' zei Kit meteen.

Idris zuchtte vermoeid. 'Hij zegt toch bij-vóór-beeld!'

Tante Corrie keek naar het pleintje. 'Is er nog iemand die de doelen opruimt, of hoe zit dat!'

Brian haalde zijn schouders op en reed naar het verste doel. Hij kan rijden zonder zijn benen uit te slaan. Net of er een motortje onder zijn skates zit.

Tante Corrie maakte de deur van het keetje open en liep naar binnen, maar we hoorden haar nog net zeggen: 'Ik zal zien wat ik doen kan, stelletje doordrammers!'

Zaterdag kwam Idris bij mij spelen. Ik heb stuntskaten op mijn spelcomputer. Meestal doen we dat, of we kijken naar tekenfilms op de televisie. Het liefst naar *Rollerdog*, dat gaat over een hond op skates.

Nu ging Idris op mijn bed het contract zitten lezen. En nog eens en nog eens.

'Ze moeten elke zaterdag trainen, en ook nog vier avonden in de week van zes tot acht!' riep hij verbaasd. 'Wanneer eten die lui dan? En 's middags oefenwedstrijdjes. Tsss, het is maar waar je lol in hebt!'

'Ik had het niet eens gemogen,' zei ik. 'Net als Brian.'

'Ik had het niet eens gewíld!' Idris' stem klonk hard en hoog. 'Ik ben écht blij dat we er niet ingestonken zijn.' Hij keek weer in het contract. 'Hé, we moeten ons opgeven voor dat zomertoernooi! Anders kunnen we niet eens meedoen!'

Ik ging naast hem zitten. Er stond dat het zomertoernooi georganiseerd werd door de *Nederlandse Inline Hockey Bond* en dat alle clubs uit Nederland eraan meededen.

'Dus wij ook!' zei ik.

Idris schreef *Nederlandse Inline Hockey Bond* op. 'Ik vraag wel of mijn vader het adres opzoekt en dan geef ik ons op.' Hij rolde het contract op en sloeg ermee op zijn knie. 'Ik wil winnen, Jordan,' zei hij. 'Man, wat wil ík winnen!'

Hier, kijk maar eens goed: Tante Corrie, superspion! (Hoed, snor en sik heb ik erop getekend, hoor.)

Ze zat maandag al op haar krukje toen we kwamen aanrijden. 'Wat zijn jullie laat!' riep ze.

We waren helemaal niet laat, zij was vroeg, maar ja. Brian was er nog niet. Ik was ineens bang dat hij niet meer zou komen omdat Idris zo had lopen zieken.

Tante Corrie klapte in haar handen. 'Op de bank!'

We deden het meteen.

'Hockey-skatennn!' Tante Corrie sprak het heel duidelijk uit, terwijl ze vóór ons heen en weer liep. Ze leek wel een generaal uit een film, zo'n totaal andere stem had ze ineens! Kit lachte even verbaasd, maar hield zich snel in na een blik van tante Corrie.

'Waarrr gaat het eigenlijk om, bij het hockey-skatennn?'

Tja, dacht ik.

'Eh,' zei Gloria.

'Om het scoren?' vroeg Idris.

Tante Corrie keek hem lang aan. Ineens had ze weer haar eigen stem: 'Ik dacht het niet, wacht even.' Ze haalde een briefje uit haar zak en las heel snel voor: 'Hockey-skaten waar gaat het eigenlijk om bij hockey-skaten het gaat om...O ja.'

Ze schraapte haar keel en ging weer verder met die toneelstem. 'Het gaat om vier dingen: Je moet perfect kunnen skaten, je moet een soepele stickvoering hebben, je conditie moet in orde zijn en je moet goed kunnen samenspelen.'

Wow! Ze had het uit haar hoofd geleerd! We gaven haar een hard applaus. Ze werd er verlegen van (tante Corrie verlegen!) en ze boog zelfs heel even.

'Net echt!' riep Gloria. 'U bent een toptrainer!'

'Deed die trainer precies zo tegen de Boemerangs en de Panters?' vroeg Idris.

'Helemaal precies.' Tante Corrie klapte weer in haar handen. 'Oké, mensen. Op de baan. Ik wil twintig rondjes zien.'

Brian kwam om vier uur. Er was niks aan de hand, hij had een boodschap voor zijn moeder gedaan. (Wij zijn er altijd om kwart over drie, meteen uit school.)

Hij ging meteen mee rondjes skaten.

We hebben hard gewerkt, die middag! Tante Corrie had een heel velletje volgekrabbeld. Eerst moesten we pootje-over oefenen. Dat konden we allemaal al, maar niet linksom. Kit kon het wel, maar die kon weer niet rechtsom. We slingerden als slangen over de Postzegel. (Je kunt ook pootje-over achteruit doen, maar dat kregen we pas veel later.)

'Stick met twee handen vast!' riep tante Corrie tussendoor. Of: 'Bovenlichaam stil!' Soms stond er iets op haar blaadje wat ze niet meer snapte. Dan riep ze bijvoorbeeld: 'Je schouders en je knieën moeten…Huh?… Nou ja, laat maar hangen.'

We hebben ook nog de basishouding geoefend en het uitstrekken van de afzetvoet.

Om kwart voor zes ging de fluit, net als altijd.

'We zullen ze een poepie laten ruiken,
reken maar van yes!
Dan laten we ze piepen als een kuiken,
reken maar van yes!'

Een liedje van Idris, we lalden meteen mee. We schaatsten over de stoep, met de armen om elkaars schouders.

Brian zong verder: *'Nu zullen ze hun enkels wel verstuiken,* *reken maar van yes!'*

Boemerangs kunnen echt niet zingen! Het leek wel of hij de

snorfiets van tante Corrie nadeed. Idris moest er erg om lachen. Om wát hij zong, bedoel ik.

'Goeie, Brian!' zei hij.

We stonden ineens stil. Omdat Idris en ik daar rechtsaf moesten, maar ook van schrik, omdat Idris iets aardigs tegen Brian had gezegd.

'Nou, tot morgen dan,' zei ik.

'Wacht!' riep Gloria. Ze reed tot vlak voor Brian en legde haar hand op zijn schouder. 'Brian, wil jij een Rolling Bone worden?' vroeg ze plechtig.

Ik keek snel naar Idris. Die had zijn wenkbrauwen zo hoog opgetrokken dat ze bijna onder zijn helm verdwenen, maar hij zei niets.

Brian werd slap van dankbaarheid. Hij riep: 'Natuurlijk wil ik dat! O, dank jullie wel, wat een eer!'

Maar niet heus.

Hij mompelde: 'Nee, laat maar.'

'Maar, je kunt toch niet voor altijd een Boemerang blijven?' riep ik verbaasd.

Brian schudde zijn hoofd. 'Ik ben gewoon Brian.'

'Dat is dan duidelijk,' zei Roel.

(*zei* Roel!)

'Inderdaad.' Gloria was niet eens beledigd.

Ze zwaaiden en reden weg.

We keken ze na tot ze de hoek om gingen.

Toen schudde Idris zijn hoofd. 'Die Boemerangs zijn echt gek, weet je.'

6

We trainden ons werkelijk helemaal te pletter. Elke dag na school en meestal ook nog op zaterdag. We waren al skate-gek, maar nu waren we skate-krankzinnig.

Mijn vader keek elke avond onder mijn voetzolen om te zien of er al wieltjes groeiden. En Idris' moeder had aan mijn moeder verteld dat hij onder de douche had gestaan met zijn skates aan, om te oefenen bij gladheid. Oei oei, wat had ik daar graag een foto van gemaakt! En Kit vertelde dat ze van de trap af kon skaten. Toen hadden we net evenwicht geoefend bij tante Corrie.

'Echt waar,' zei Kit. 'Je neemt de ski-houding aan, zoals we geleerd hebben, dan afzetten en hop hop hop, je slaat vanzelf steeds een tree over. Ik ben pas twee keer gevallen!'

Tante Corrie was echt goed. Volgens ons schonk ze geen enkel kopje koffie meer in de kantine van de sporthal, maar zat ze alleen maar te spioneren en te schrijven. O ja, nog iets heel grappigs, kijk eens naar de foto? Zie je? Een trainingspak! En let op de turboschoenen. Ik zweer je dat we niet hebben gelachen. Gloria zei zelfs dat ze het mooi vond staan.

'Ja, hou er nu maar over op,' zei tante Corrie toen.

Ook werd het steeds normaler dat Brian erbij was. Idris deed niet meer stom en het leek erop dat Roel en Brian vrienden aan het worden waren. Ze oefenden 's avonds vaak samen penalty's schieten en soms moesten ze allebei heel hard lachen om iets wat helemaal niet grappig was.

Nog iets: Idris had een inschrijfformulier gekregen van de *Nederlandse Inline Hockey Bond!*

'Ik heb het al ingevuld en opgestuurd,' zei hij op een middag. 'Al onze namen moesten erop en ook de naam van de trainer.'

'Wist jij de achternaam van tante Corrie dan?' vroeg ik verbaasd.

'En de mijne?' vroeg Brian.

Het bleek dat Idris mevrouw Corrie van Snor had opgeschreven (de naam van haar dode hondje) en Brian Boemerang.

'Wat maakt dat nou uit,' zei hij. 'En ik moest ook een aanvoerder opgeven, met telefoonnummer en ik wist alleen mijn eigen nummer, dus...'

Eerst werden Kit en Gloria kwaad, maar toen zei Brian: 'Idris is de banaanvoerder,' en daar moest iedereen heel hard om lachen, vooral Roel.

'Echt Boemeranghumor,' zei Idris tegen mij. 'Het is maar waar je lol in hebt!'

We oefenden die middag de draai in de lucht. Dan moet je proberen te keren zonder snelheid te verliezen.

Ineens zag ik iets bewegen in de bosjes. Eerst dacht ik dat het iemand van de hockeybond was, die wilde kijken of we wel goed genoeg waren voor het toernooi. Ik heb mijn camera altijd bij de hand, ook tijdens het skaten, dus: KLIK!

'Kijk Idris,' zei ik toen. 'Een controleur.'

Idris keek. 'Waar?'

'Dáár, naast het keetje, achter de bos… Hé!'

De man was verdwenen.

Ik kan de foto's die ik gemaakt heb op mijn schermpje zien, zo'n mooi toestel heb ik. Maar deze was van te veraf genomen om het goed te kunnen zien. Hij moest geprint worden. Ik heb mijn vader helemaal scheel gezeurd of het mocht. (Eigenlijk mag ik maar drie foto's in de week uitprinten, omdat het anders te duur wordt.)

'Papa, wil je het alsjeblieft doen? Het is misschien wel de belangrijkste foto van mijn leven. Alsjeblieft, alsjeblíeíeíeíeft!' En zo ging ik nog een tijdje door, totdat hij heel diep zuchtte. (Dat betekent: vooruit dan maar.)

Even later rolde de foto uit de printer: eerst de lucht, toen de bovenkant van de bomen, het dak van het keetje…

Ik dacht eerst: ik heb me vergist, het was een boom. Maar toen zag ik duidelijk dat het een man was. Een man met zijn handen op zijn hoofd? Nee, voor zijn ogen… nee, een man met een verrekijker. Nee! Het was de trainer van de Panters en de Boemerangs, met een verrekijker!!

De volgende dag werd tante Corrie ontslagen bij de sporthal. Ze moest bij de baas komen en die vertelde dat er een automaat kwam voor de drankjes. En nog een, voor de kroketten.

'De kantine hoeft alleen nog maar open bij wedstrijden,' zei hij. 'Maar natuurlijk hebben we wel ander werk voor u! Bij de tennisbaan is ook een kantine en daar staan ze te springen om iemand zoals u.'

Weet je wat tante Corrie antwoordde? 'Lekker laten springen. Je kan me de pot op met je mooie praatjes!'

Toen ze het aan ons vertelde moest Gloria bijna huilen. 'Nu hebt u geen baan meer!' riep ze.

'En wij kunnen niet meer trainen,' fluisterde Idris.

Ineens praatte iedereen door elkaar, behalve Roel de zwijger. En behalve ik. Ik had gloeiend hete oren gekregen. Ik durfde niet te geloven wat ik allang zeker wist.

'De trainer,' zei ik zacht.

'Ja precies!' riep Idris. 'En wij hoeven dat niet te pikken! We gaan…Wat zei jij?'

Ik schaatste naar mijn rugzak, haalde de foto eruit en liet hem zien. 'Hij heeft gezien hoe wij trainden, en ook dat u alles van een briefje voorlas.' Ik keek naar tante Corrie. 'Hij heeft uw baas opgestookt!'

Tante Corrie staarde naar de foto. 'O, gaan we het zo spelen,' mompelde ze.

Kit stond op. Er spoot bijna vuur uit haar ogen. 'Ik ga hem in elkaar slaan!'

Meteen was tante Corrie weer de oude. 'Zeg, wil jij even normaal doen! Jij met je "in elkaar slaan"! Wat is dat voor een taal?'

Kit ging weer zitten.

Tante Corrie zette haar trainersstem op. 'Laten wij ons zo gemakkelijk kistennn?'

'Ik dacht het toch even van niet!' zei Idris.

En toen brulden wij allemaal tegelijk: 'Ik dacht het toch even van niet!'

'Precies. We hebben die lui helemaal niet meer nodig.' Tante Corrie klapte in haar handen. 'Op de baan, mensen. Ik wil vijfentwintig rondjes zien, met de klok mee.'

We reden als duivels. Dat kwam omdat we kwaad waren, nee, woedend! Tjak, tjak, korte, felle slagen, dicht bij elkaar, Idris voorop. We hingen griezelig schuin in de bochten, ik hoorde de wind langs mijn oren suizen. Als een karretje van een achtbaan in een film die te snel wordt afgedraaid schoten we over de Postzegel.

Tante Corrie stond middenin, wijdbeens, armen over elkaar. 'Hiel naar buiten! Gewicht naar de voorste skate!' brulde ze.

Zo gemakkelijk laten de Rolling Bones zich namelijk niet kisten!

7

Het was een week later. We waren aan het slalommen tussen bakstenen door. Ineens stopte er een politiewagen voor de Postzegel.

'Wat zullen we nou weer beleven?' vroeg tante Corrie.

'Misschien is het mijn oom!' zei Idris.

Maar die was het niet. Het was een jonge agent met een te grote pet. Of hij tante Corrie even onder vier ogen kon spreken.

'Dat is nergens voor nodig,' riep tante Corrie. 'Ik heb niets te verbergen voor mijn team.'

Daar had de agent even niet op gerekend. Hij stond heel sullig te kijken. Ik durfde geen foto te nemen, maar Idris deed hem precies na toen hij weg was. Kijk maar:

'Tja, ikzelf zit er niet mee,' begon de agent uiteindelijk. 'Maar er zijn klachten geweest dat, eh, dat dit pleintje eigenlijk bij het bejaardentehuis hoort. En dat de bejaarden er nu niet meer durven te zitten. Vanwege eh… jullie.'

Het begon te draaien in mijn hoofd.

'W-w-wát?' riep Idris. Hij deed wel tien seconden over de 'w'.

Tante Corrie liep naar de agent toe, tot heel dichtbij. 'Namen noemen,' zei ze rustig.

'Hoe bedoelt u?' vroeg de agent. Hij was duidelijk bang voor Corrie de Killer.

'Er was toch geklaagd? Ik wil graag weten door wie.' Het voorhoofd van tante Corrie raakte de politieklep.

'Dat mogen wij niet zeggen,' piepte hij.

'En toch gaan jullie dat doen!' zei tante Corrie dreigend.

'Yes, tante Corrie!' fluisterde Gloria.

Ik geloof dat niemand van ons nog ademde.

De agent keek om zich heen. Niet door zijn hoofd te bewegen, want dat zat klem vanwege tante Corrie, maar zijn ogen schoten heen en weer. Toen zei hij zacht: 'Van Kalmthout.'

Tante Corrie keek naar ons. 'Is dat die yup?' vroeg ze.

We wisten het niet.

'Meneer, mogen we alstublieft hier blijven hockeyen?' vroeg Gloria met haar allerliefste stem.

'We kunnen helemaal nergens anders heen!' riep Kit.

Tante Corrie zette haar handen in haar zij. 'Zeg maar tegen je baas dat we blijven. Hij kan nog een agent sturen, en nog één, voor mijn part het hele leger, maar wij blijven!'

'Nou, dat is dan afgehandeld, als het ware.' De agent wilde nog maar één ding: weg! Eerst struikelde hij bijna over de stick van Brian en toen leek het erop dat zijn auto niet wilde starten, maar eindelijk reed hij weg. We keken hem zwijgend na.

Tante Corrie bewoog niet. Ze stond met haar armen over elkaar in de verte te staren. 'Als Van Kalmthout die trainer is,' zei ze langzaam, 'dan is hij een heel vuil spelletje aan het spelen.'

We speelden nog een potje drie tegen drie, maar niemand was er echt met zijn hoofd bij. Iedereen wist natuurlijk dat de politie de baas was. En als we van de Postzegel af moesten, waren we verloren. Dan was het over en uit met de Rolling Bones.

Zelfs Idris was stil. Om halfvijf vroeg hij aan tante Corrie of hij weg mocht. 'Ik moet nog wat doen,' mompelde hij.

'Ik wil ook stoppen. Ik wil even naar iemand toe,' zei Gloria.

'Ja lekker, zeg!' Kit werd meteen kwaad. 'We trainen gewoon door, hoor!'

Maar tante Corrie blies op de fluit. 'Het is wel een goed idee.' Haar stem was zacht, voor haar doen tenminste. 'Morgen vol frisse moed ertegenaan.'

'Ga je mee uitzoeken hoe die trainer heet?' vroeg Brian aan mij.

Ik knikte. 'Maar hoe?'

'We gaan naar de sporthal,' antwoordde hij.

Roel ging ook mee. Kit niet, die was beledigd omdat we eerder stopten. 'Lekker team heb ik, zeg!' mopperde ze. 'Een mietje, een gebakje, een watje, een eitje en een sappie. En ik.'

Ze schraapte met een skate over de grond, net zoals paarden dat wel eens doen met één hoef, en reed toen weg.

We stopten de skates in onze rugzak en liepen naar de bushalte. Brian had nog een strippenkaart. Tien minuten later zaten we met zijn drieën op de achterste bank.

'Ik zie het als een goed teken. Die trainer heeft ons zien spelen en hij weet nu dat we echt goed zijn geworden. We zijn gevaarlijk voor zijn team. Daarom is hij ons nu aan het dwarsbomen, omdat hij bang voor ons is.'

Drie keer raden wie dat zei. Roel! Eerlijk waar, Roel zei dat!

'Zit wat in,' antwoordde Brian, die het blijkbaar niet gek vond dat Roel zoveel zei.

De busreis duurde een halfuur, maar ik heb van schrik de hele weg niets meer gezegd.

Er stonden weinig auto's en fietsen voor de sporthal. We liepen naar binnen, waar een vrouw zat te controleren wie er allemaal binnenkwamen.

'Mevrouw, hoe heet de trainer van skate-hockey?' vroeg ik.

'Van Kalmthout,' zei ze.

Nou, dat ging lekker makkelijk!

'Zo ver gaat die trainer dus,' zei Roel, terwijl we terugliepen naar de bushalte. 'Hij lijkt me echt zo'n type dat ook doping geeft aan zijn team.'

Ik kon er maar niet aan wennen, hij leek Idris wel met zijn geklets!

'Trouwens, Brian, zie jij de Boemerangs nog wel eens?' vroeg ik.

Brian schudde zijn hoofd. 'Wij zitten niet bij elkaar op school zoals jullie, en...'

'Hoi.'

Midden op de stoep stond de grootste Boemerang! Ed heet hij.

'Hoi,' antwoordde Brian.

Wat kan die jongen toch stoer kijken!

'Alles goed?' vroeg Ed.

Brian knikte. 'En met jullie?'

'Ja, best wel.' Ed wachtte een seconde. 'Nou, tot kijk, hè?'

'Tot kijk,' zei Brian.

Mijn mond hing open. 'Praten jullie zo met elkaar?' vroeg ik, toen Ed weg was.

'Ja, hoe anders? We zijn sportmannen, geen theetantes!' antwoordde Brian.

'Ik heb heel belangrijk nieuws!' zei Idris de volgende dag op school. Hij deed heel geheimzinnig. 'Ik heb gisteren onderzoek gedaan en wat ik ontdekt heb...'

'De trainer heet Van Kalmthout,' zei Roel.

Idris keek hem teleurgesteld aan. 'Hoe weet jij dat nou weer?'

Ik vertelde van de sporthal.

'O,' zei Idris zacht. Toen vertelde hij dat hij het visitekaartje van de trainer had opgezocht. Dat zat nog in de kontzak van een broek. En ja hoor: Van Kalmthout was de naam. Toen had die gekke Idris de trainer opgebeld om te vragen of er nog plaats was in zijn team. De trainer had geantwoord dat hij vol zat met negen spelers. (Vier Boemerangs en vijf Panters dus.)

Toen had Idris gezegd: 'Ik hoorde dat er nóg een ploeg is, op de Postzegel.'

De trainer had heel vals gelachen. 'Wat zij doen heet "spelen", wat wij doen heet "sporten".'

Tante Corrie keek bezorgd toen we het die middag vertelden. 'Oké mensen, aan de slag,' zei ze. 'We hebben nog minder dan een maand, weten jullie dat wel?'

Ik schrok me rot. Minder dan een maand!

'Dat redden we nooit!' riep Kit en ze ging heel paniekerig rondjes rijden, alsof ze iemand wilde inhalen.

We moesten in tweetallen skaten, de een vooruit en de ander achteruit. Degene die vooruit reed, moest sturen en op tijd 'Ho!' roepen. Ik ging met Gloria.

Er was iets met haar. Ze had een geheimzinnig lachje om haar mond en keek steeds om, terwijl zij mij moest sturen.

'Opletten! Straks knal ik tegen het hek!' riep ik.

'Wissel!' brulde tante Corrie.

Gelukkig! 'Ja, rijden maar,' zei ik tegen Gloria.

Maar ze schudde haar hoofd. Ze wees naar het keetje en straalde zo dat ik er duizelig van werd.

Er stond een oude man met een hoed en een wandelstok. Hij was nog ouder dan mijn opa.

'O nee, hè!' riep Idris. 'Weer zo'n zeurpiet!'

'Zie je wel, nu moeten we van de Postzegel af.' Kit klonk totaal verslagen.

Tante Corrie liep met haar handen in haar zij naar het keetje toe.

49

Oei, oei, die meneer gaat spijt krijgen, dacht ik nog.

'Nee, wacht!' Gloria schaatste tante Corrie achterna. Wij gingen meteen mee, natuurlijk.

'Dag meneer,' zei Gloria beleefd. 'Hartelijk welkom.'

De man nam zijn hoed af. 'Dank u,' zei hij. 'Mijn naam is Admiraal. Waar mag ik me vervoegen?'

Weet je wat er nou gebeurd was? Gloria had de dag ervoor deze poster gemaakt:

Deze uitnodiging had ze opgehangen in het bejaardentehuis. Gloria is gek. Maar wel goed gek!

Ze gaf die meneer een arm en leidde hem naar het bankje. Wij stonden allemaal stomverbaasd te kijken, ook tante Corrie. Toen schaatste Gloria naar haar rugzak en, raad eens? Ze had een pak sinaasappelsap meegenomen, met plastic bekertjes! En ook nog een zak winegums. Die meneer liet zich lekker verwennen.

Wij kozen razendsnel twee partijen. (Roel, Kit en ik tegen de rest.) Af en toe moest er iemand even lachen, maar we probeerden zo serieus mogelijk te doen.

Tante Corrie legde de bal op de stip.

'Prettige wedstrijd, meneer Admiraal!' zei Gloria.

Hij knikte vriendelijk.

Ineens hield Idris het niet meer. Hij zong heel hard: *We are the champions!*

Ik keek geschrokken naar de meneer. Die dacht natuurlijk: ze zijn gestoord, ik ga gauw weer weg!

Hij luisterde even en toen... ging hij keihard meezingen, net als een operazanger. Met zijn wandelstok sloeg hij de maat.

8

Meneer Admiraal was fanatieker dan alle Ajax- en Feyenoord-supporters bij elkaar. Hij riep van alles om ons aan te moedigen en juichte bij elk doelpunt (voor allebei de partijen).

Toen we stopten om kwart voor zes, zei hij: 'Schitterende wedstrijd! Tot maandag, jongelui!'

We zwaaiden hem uit en toen gingen we allemaal aardige dingen tegen Gloria zeggen.

'Laat de juten nu maar komen!' zei tante Corrie. (Ze bedoelde de politie.)

Ziezo, dat was opgelost.

Maar er was al meteen weer een nieuw probleem:

'Tante Corrie, moeten we geen tactiek gaan afspreken?' vroeg Idris.

Het was tien voor zes, het hek was dicht en tante Corrie zat al op haar fiets.

'Ga je gang maar, als je het allemaal zo goed weet,' antwoordde ze chagrijnig. Ze startte en reed weg.

'Hè bah.' Gloria keek haar verdrietig na.

'Ze doet zeker zo omdat ze haar baan kwijt is,' zei Kit.

'Wat bedoelde je eigenlijk met tactiek?' vroeg Brian.

Dat vroeg ik me ook af. En ik geloof eerlijk gezegd dat tante Corrie het ook niet snapte. Zij haat moeilijke woorden ('yuppentaal'). Volgens mij deed ze daarom zo bozig.

'Dat zijn trucjes die je afspreekt,' legde Idris uit. 'Bijvoorbeeld dat we ineens met zijn allen in de aanval gaan, of dat we vooral langs de buitenkant spelen.'

Iedereen dacht na.

'Wij kunnen naar de sporthal gaan,' zei ik na een tijdje. 'Dan kijken we wat het andere team voor tactiek heeft. En daar gaan wij wat tegen verzinnen.'

Kit vond het een stom idee, maar ze wilde toch mee. We spraken af dat Roel, Kit en ik de volgende dag (zaterdag) zouden gaan.

'En ik ga een ander klusje klaren.' Idris keek op zijn horloge.

'Wat dan?' vroegen wij.

'Even wat belangrijkheden,' antwoordde Idris irritant.

'Tss, opscheppertje,' zei Kit.

De volgende dag stonden we om tien uur voor de sporthal. De auto van de trainer stond er al. We renden meteen door naar het zijraampje van de hal, daar konden we ongemerkt spioneren.

Ja, er waren kinderen aan het skate-hockeyen! Maar de spelers droegen allemaal een helm met gezichtsbeschermer, dus we zagen niet wie het waren.

'Daar, ik zie dat kleine Pantertje!' riep Kit. 'Op de reservebank!'

Inderdaad, weet je nog dat opdondertje met die Mickey Mouse-oren? Die zat er!

Telkens als een speler naar de reservebank moest, deed hij zijn helm af. Daardoor wisten we het zeker: het waren de Boemerangs en de Panters.

Ze hadden toch een mooie spullen! Om te beginnen dus die helmen, maar ook gloednieuwe skates. Echte hockey-skates met een stoffen schoen en vetersluiting. Ze speelden met een lichte stick van kunststof en ze leken zo sterk als bavianen. Dat kwam door alle beschermingskappen onder hun kleren. Ze droegen trouwens witte shirts, zonder naam erop.

Ik maakte een foto door de ruit.

'Wow.' Kit stond haast te kwijlen.

Laat ik het maar eerlijk zeggen: de Rolling Bones hebben gewoon een helm en skates van de speelgoedwinkel, met schoenen van plastic. Onze sticks hebben we zelf gemaakt bij handenarbeid. Ze zijn zwaarder dan de knuppel van een holbewoner. Onze T-shirts zijn beschilderd door Gloria. En Roel is de enige die een helm met gezichtsbescherming heeft. Het is een fietshelm waar hij gaas aan gemaakt heeft.

Ook zag ik helaas dat de Panters en de Boemerangs echt goed waren geworden. Het leken wel profspelers! Ze maakten ook helemaal geen grapjes, ze trainden zich suf...

'JA, BETRAPT!'

Een keiharde mannenstem, ik schrok me het apezuur! Met slappe knieën draaide ik me om... Daar stond de trainer.

'Hoe is het, jongens?' vroeg hij, zogenaamd vriendelijk. Hij deed net alsof het heel normaal was dat wij hier stonden te gluren.

'Vréselijk goed.' Kit had blinkende ogen van kwaadheid.

De trainer knikte en hij leunde ontspannen tegen de muur. 'Ik hoorde dat jullie aan het zomertoernooi willen meedoen.'

'Goed gehoord,' zei Kit.

De trainer keek bezorgd, nee, vol medelijden.

Ik haatte hem! 'We gaan meedoen én winnen!' zei ik hard.

Hij schudde glimlachend zijn hoofd. 'Jullie komen niet eens door de selectie! Je hebt de goede spullen niet, je hebt geen trainer... Geef het toch op, jongens!'

'U speelt een goor spelletje!' riep Kit. 'Tante Corrie laten ontslaan, klagen over de Postzegel...'

'Waar heb je het over?' vroeg de trainer verbaasd.

'Dat weet u heus wel!' zei ik.

Weet je wat Roel ondertussen deed? Coole Roel? Die bleef gewoon stug door dat raampje koekeloeren! Alsof hij in Artis bij het aquarium stond. Daar heb ik achteraf zo om gelachen.

'U bent bang voor ons, hè?' riep Kit. 'Daarom wilt u zo graag dat wij stoppen.'

De trainer schudde zijn hoofd. 'Ik vind het alleen maar zonde. Jongens met zoveel talent verdienen beter.' Hij keek ook even door het raampje. 'Ik denk trouwens niet dat jullie aanwezigheid hier op prijs wordt gesteld.'

We dropen af. Hij stond ons nog na te kijken ook. Het ontbrak er nog maar aan dat hij zwaaide. Bah!

'Als ze aanvallen, trekken ze in een U-vorm naar voren. Degene die linksbuiten staat, scoort.'

We zaten in de bus. Je begrijpt nu zeker wel wie dit zei.

Kit keek naar Roel alsof er vuurwerk uit zijn oren kwam. Toen draaide ze zich om naar mij. 'Dus hij praat wel eens?' vroeg ze.

Ik moest lachen. 'Heel soms.'

Roel gaf mij een schrijfblokje met een pen. 'Schrijf jij even, ik word misselijk als ik schrijf in de bus. Eh, o ja, ze kunnen de bal een rare bocht laten maken. Dat moeten wij ook oefenen.'

De maandag daarop gebeurde er zóveel, ik hoop dat ik niets vergeet te vertellen.

Tante Corrie zat al op haar kruk toen we bij de Postzegel aankwamen. 'Oké mensen, naar binnen,' zei ze met haar trainersstem.

We volgden haar het keetje in. Daar stonden twee rijtjes van drie stoelen, net een klasje. Aan de muur hing een groot stuk wit behang. Nieuwsgierig gingen we zitten.

Tante Corrie haalde het schrijfblokje van Roel uit haar zak. 'Roel en ik hebben de volgende,' ze keek even naar Idris, 'TAC-TIE-KEN verzonnen!'

En toen kregen we les! Gewoon les, net als op school. Met een stift tekende tante Corrie hoe we moesten aanvallen. Bijvoorbeeld op een kluitje, of in een V-vorm. Net doen of je gaat overspelen, maar dan ineens toch scoren. Naar iemand kijken en zwaaien, en dan de bal naar totaal iemand anders spelen.

Honderd slimme trainerstrucjes: de Rolling-Bones-tactiek!

Pas een uur later kwamen we weer buiten. Er zitten geen ramen in het keetje, dus het was er bloedheet. We hadden knalrode koppen. Maar we moesten ook lachen om alle handige foefjes. We sloegen Roel op zijn helm en tante Corrie op haar kont.

Nee hoor, dat laatste is een grapje. Je moet het eens wagen, ze maakt gehakt van je! Maar we zeiden wel dat ze de beste trainer van de wereld was.

'Daar wil ik het straks nog over hebben,' zei Idris.

'Je gaat je gang maar.' Tante Corrie klapte in haar handen. 'Oké mensen, we gaan de kluitjesaanval oefenen.'

Eerst ging het helemaal niet. We struikelden over elkaar, de sticks raakten in de knoop en Kit viel keihard op haar elleboog. Bloeden! Ik dacht snel aan ijskoud water om niet flauw te vallen. Maar Kit is geen zeurpiet. Pleister, jodium en verder!

'Kit heeft de bal, jullie hoeven alleen maar als lijfwachten om haar heen te skaten!' brulde coach Corrie. 'Jordan stuurt, goed naar hem kijken en volgen!'

Ja, dat ging al beter. Nog eens, en nog eens... Even later zoefden we als één monster met tien poten over de baan. (Roel bleef op doel.)

Toen we opkeken stonden er twee mensen bij het hek. Gelukkig was het meneer Admiraal met een bejaarde mevrouw.

'Ik heb nog een supporter enthousiast kunnen maken,' zei hij.

Het bankje werd onderhand een echte tribune! De mevrouw was heel giebelig. 'Ik heb er echt zin in!' zei ze.

Gloria gaf ze een bekertje sinaasappelsap en ieder twee winegums. Wij stonden klaar bij de middenstip en...

'Hup Ajax!'

Wie stond er bij het hek? De dakloze!

'Met een drankje op het bankje!' zei hij.

De mevrouw moest erom lachen en schoof een stukje opzij. 'Komt u maar! Hoe meer zielen, hoe meer vreugd!'

We keken nieuwsgierig naar tante Corrie.

'Oké Leo!' riep ze. 'Maar als je gaat klooien, vlieg je eruit!'

Hij rende naar het bankje en ging zitten met zijn armen over elkaar als een schooljongetje. Gloria bracht hem snel een bekertje drinken.

'Leo?' mompelde Brian.

'Misschien is het tante Corries ex-man wel,' fluisterde Idris.

We gingen weer klaarstaan op onze plekken. Idris en Kit moesten starten.

(Weet je hoe dat moet bij hockey? Je moet allebei zo snel mogelijk... Nou ja, wat maakt het ook uit.)

'Mag ik misschien even storen?' hoorden we.

Bij het hek stond de buurman van Gloria.

'Niks daarvan!' riep tante Corrie nijdig. 'Jullie kunnen nu allemaal de driedubbele rambam krijgen, wij gaan spelen!'

'Nee tante Corrie!' riep Gloria. 'Dit is belangrijk! Idris heeft iets leuks voor u geregeld!'

'Dat zal best.' Tante Corrie blies op haar fluit. 'Starten!'
'HIJ HEEFT EEN BAAN VOOR U!'

Ik had Idris nog nooit zo horen schreeuwen, en al helemaal niet tegen tante Corrie.

De buurman durfde nu dichterbij te komen. Het leek wel of hij bij elke stap een kleine buiging voor tante Corrie maakte. 'Ik wilde u vragen of u een van mijn voetbalelftallen wilt trainen. Ik hoorde dat u erg goed bent, en ik zit zelf overvol en…'

Tante Corrie kauwde op haar tong. Toen knikte ze. 'Ik spreek je na deze wedstrijd.'

Nou, niet dus, hè? Wij gingen echt niet spelen! Tante Corrie had een baan! Als trainer nog wel!

'U krijgt van ons een korte cursus aangeboden.' De buurman gaf haar een formulier.

'Vlieg maar in de lucht met je cursus,' antwoordde tante Corrie, maar ze zette wel mooi haar handtekening!

Je zag aan álles dat ze blij was. Aan haar ogen, aan hoe ze liep, hoe ze heel stoer een liedje floot. Maar tante Corrie vertikt het nu eenmaal om te lachen!

Gloria gaf haar een dikke knuffel. 'Namens ons allemaal!' zei ze.

'Moet dat?' vroeg tante Corrie, maar ze liet zich toch zoenen.

'Wij blijven wel uw lievelingsteam, hoor!' riep Kit.

Intussen waren ze op de tribune aan het proosten met het sinaasappelsap. (De buurman bleef een potje kijken, zei hij.)

Idris reed rond alsof hij net gescoord had. 'Goed van mij, hè? Heb ik geregeld, goed ben ik, hè?'

Normaal haat ik hem als hij zo doet, maar nu had hij echt gelijk!

'Je bent een dondersteen,' zei tante Corrie. Ze was ineens een beetje hees. Oei, een hese trainer kan geen tactieken brullen!

Sorry dat het saai wordt, maar zo is het echt gebeurd: nét toen we eindelijk wilden beginnen met spelen, stond er weer een man bij het hek.

'Let op, tante Corrie gaat ontploffen,' voorspelde Brian.

Maar het viel mee. Ze wees naar de tribune. 'Zitten en mond dicht.'

De man liep snel naar het bankje.

'Welkom,' zei meneer Admiraal. 'De bediening staat momenteel op het veld, maar u mag gerust een slokje van mij nemen.'

Hè hè! Eíndelijk konden we spelen.

9

Ik heb het nog steeds over diezelfde maandagmiddag, hoor.

Drie kwartier later zaten we stomend en hijgend op de grond, rond het bankje. Ik hoef niet veel te vertellen over de wedstrijd, behalve dat we hartstikke goed speelden. (En dat mijn groepje won.)

Meneer Admiraal vertelde hoe mooi hij de wedstrijd had gevonden. 'Vooral het middendeel was reuzespannend,' zei hij.

De mevrouw knikte. 'Ik heb genoten!'

Ook Gloria's buurman stak bewonderend zijn duim op. 'Vakwerk!'

(De dakloze maakte nog een grap maar die ben ik vergeten.)

Toen pas dacht ik: hé, wie is die andere vent eigenlijk?

Alsof hij gedachten kon lezen, zei hij: 'Ik ben van de *Nederlandse Inline Hockey Bond.*'

Van schrik ademde ik zo snel in dat ik me verslikte.

'Mijn complimenten, jullie spelen verschrikkelijk goed,' zei de man van de bond.

'Dat klopt,' zei Idris.

Doing, hij kreeg meteen een klap op zijn helm van Gloria.

'Ja, en?' zei tante Corrie.

'Ik hoorde van... ik hoorde dat jullie hier aan het oefenen waren,' begon hij. 'En ik dacht, ik ga er even heen, anders is het zo sneu.'

Sneu?

'Kijk, eh, jullie kunnen niet zomaar meedoen aan het toernooi.'

Je kon zien dat hij het moeilijk vond om te zeggen.

Meteen schreeuwden we allemaal door elkaar. (Ook Roel!) We werden pas stil toen tante Corrie op haar fluit blies.

'Zeker omdat er geen meisjes mogen meedoen!' riep Kit nog snel.

'Hockey in een rokkie!' zei de dakloze grinnikend.

Maar de man van de hockeybond keek verbaasd. 'Geen meisjes? Hoe kom je daar nou bij? Wat is er mis met meisjes?'

...drie, vier, vijf seconden stilte.

'Maar waarom mogen we dan niet meedoen?' riepen we toen geloof ik allemaal tegelijk.

De man zuchtte. 'Je moet om te beginnen een officiële trainer hebben.'

'Die hébben we!' Gloria wees naar tante Corrie.

'Jullie trainer is heel goed,' zei de man. 'Maar ze moet officieel ingeschreven staan. Sorry, ik vind het erg vervelend, maar dat zijn nu eenmaal de regels.'

Gloria's buurman rommelde in zijn tas en haalde het formulier eruit. Tadááá!

'Ik heb het toevallig net bij me, wilt u dit even bekijken?' vroeg hij beleefd.

De man van de bond begon te lezen. Wij híelden het niet meer van de zenuwen. Idris begon 'Rolling Bones gaan nooit verloren' te neuriën. Wij deden gauw mee, met zenuwachtige piepstemmen.

Tante Corrie zat rustig op haar krukje, met een gezicht alsof ze er niks mee te maken had.

'Tja,' zei de man van de bond eindelijk. 'Tja, dit moet inderdaad wel voldoende zijn.'

YES!

Hij haalde een lijst tevoorschijn en zette ergens een krulletje achter.

'Volgende punt, sorry hoor, maar jullie moeten een officieel bestuur hebben.'

Waar was dat nou weer goed voor?

'Shiiiiit,' mompelde Kit.

Toen stond meneer Admiraal op. 'Beste man, ik begrijp het probleem niet.'

'U bent?' vroeg de man van de bond.

Meneer Admiraal gaf netjes een hand. 'Admiraal is mijn naam. Ik ben voorzitter van het bestuur van de...' Hij keek razendsnel naar mijn shirt. 'Van de Rolling Bones.'

Het lukte ons om stil te blijven, alleen uit Gloria kwam een klein piepje.

'Dit is mevrouw Stam, zij is algemeen bestuurslid,' zei meneer Admiraal.

Mevrouw Stam ging iets rechterop zitten en knikte vriendelijk.

Toen wees meneer Admiraal naar de dakloze. 'Dit is Leo, onze penningmeester.'

'Aangenaam.' Leo lachte zijn bruine tanden bloot. 'Leo de Peo, voor al uw geldzaken.'

'En u hebt al min of meer kennisgemaakt met onze secretaris.' Meneer Admiraal stak zijn arm uit naar de buurman, die verlegen zijn hand opstak.

De man van de bond keek opgelucht. Tevreden zette hij nog een krulletje op zijn vel.

Wij deden alsof we het heel gewoon vonden. Wel zag ik dat Gloria een klein kneepje gaf in de knie van meneer Admiraal.

'Dan is er nog één punt,' zei de man van de bond. 'En dat is de verplichte kleding, zoals gezichtsbeschermers, handschoenen, elleboogbeschermers, kniebeschermers, buikbeschermers...' Hij keek naar onze skates. 'Met deze wielen mag je niet eens de sporthal in.'

Hier wisten we geen antwoord op. De Rolling Bones hebben geen geld, punt uit.

Ineens voelde ik iets in mijn buik kriebelen... Meestal heeft mijn buik eerder in de gaten dat ik een goed idee heb dan mijn hoofd.

'Momentje.' Ik keek tante Corrie aan. Ik ga liegen, mag dat? vroeg ik met mijn ogen.

Maar natuurlijk, mijn jongen, antwoordden haar ogen.

'Kijk, we hebben al die spullen wel,' zei ik tegen de man van de bond. 'Maar we trekken ze niet elke dag aan.' Ik pakte mijn camera en liet hem, op het schermpje, de foto van de Boemerangs en de Panters zien. Het was overduidelijk dat ze in de sporthal stonden, maar misschien viel hem dat niet op. Hij bestudeerde de foto aandachtig. Er stonden zes spelers op. De anderen zaten op de reservebank, buiten beeld. Ze droegen witte shirts en gezichtskappen. We hádden het kunnen zijn.

Alsjeblieft, alsjeblieft! Ik zag dat Kit achter haar rug duimde.

Eindelijk... De man van de bond KNIKTE! 'Ik vind de handschoenen wat aan de korte kant,' zei hij. 'Maar verder is het prima in orde! Mooi toestelletje, trouwens.'

Pffff.

'Jongens, ik ben blij dat het loos alarm was!' De man stond op en gaf meneer Admiraal een hand. 'Meneer de voorzitter, mijn gelukwensen. U hebt een uitstekend team. Ik wens jullie veel succes tijdens het Nationale Indoor Hockey Zomertoernooi!'

'Hoe was het vandaag?' vroeg mijn moeder 's avonds aan tafel.
'O, leuk,' zei ik.
Dat snap je zeker wel. Ik kon toch niet alles gaan vertellen? Dan was ik om twaalf uur nog niet klaar!

10

Straatschoffies op weg naar de top

HOE RUWER DE OESTER, HOE RIJKER DE PAREL!

VAN ONZE CORRESPONDENT

- Min of meer bij toeval ontdekte trainer Van Kalmthout op een middag een groep straatjochies die aan het hockeyen waren op skates.

'Ik zag het direct: puur talent!' vertelt Van Kalmthout. 'Mijn handen jeukten om met ze aan het werk te gaan. Ik heb ze meteen een contract aan- geboden. En nu, na drie maandjes trainen, blijkt dat ik gelijk heb gehad. Ik heb echte sportmannen van ze gemaakt! Ik durf met grote zekerheid te zeggen: wij gaan het toer- nooi winnen! Zonder mij stonden ze nog op dat pleintje, maar door mijn training zijn het topspor- ters geworden!'

Idris bracht dit artikel mee, dat in de krant van maandag stond. We lieten het meteen aan tante Corrie zien. Terwijl ze las vond ik haar ineens op een klein meisje lijken. Ze wees mee met haar vinger en haar lippen vormden de woorden die ze las.

'O, wat bent u poepig als u leest,' kraaide Gloria.

Tante Corrie en poepig, nou ja!

Ze deed maar alsof ze het niet gehoord had. Met haar grote

handen maakte ze een prop van de krant.

'Hé, mijn krant!' riep Idris.

'Wat wou je er dan mee, aan de muur hangen?' vroeg tante Corrie. 'Luister, het is nu wel duidelijk. Die trainer wil met de eer gaan strijken. Door zíjn toedoen winnen zelfs de ergste straatschoffies, zegt hij. Nou mooi niet! De Rolling Bones gaan winnen, en die trainer staat vierkant voor aap!'

Wij juichten en we riepen: 'Hi ha honde... (je-weet-wel),' maar dat mocht niet van tante Corrie.

'Let op je taal. Hij noemt jullie schoffies, maar dat wil niet zeggen dat jullie het ook zijn!' zei ze.

Brian stak zijn vinger op. 'Hoe moet dat nou met al die dure spullen? Straks worden we op het laatste nippertje nog geweigerd.'

Daar zaten we natuurlijk allemaal mee.

'Ik heb aan mijn moeder gevraagd of ik een helm met gezichtsbeschermer mocht kopen,' vertelde Kit. 'Maar ze zei dat ze gekke Lowietje niet was.'

'Gelijk heeft ze,' zei tante Corrie. 'Het zal wel weer loslopen. Ze gaan ons echt niet weigeren omdat we niet van die apenpakkies hebben. Overeind!'

Zwijgend stonden we op.

Ik wist dat ze ons daarom juist wél gingen weigeren. En ik voelde dat de anderen dat ook wisten. Sterker nog: ik voelde dat tante Corrie dat zelf ook wist.

'Ik weet niet of jullie het in de gaten hebben, maar we hebben nog vier dagen,' zei ze. 'Ik wil graag twintig rondjes, met stick en bal.'

Om halfvijf precies kwam 'ons bestuur'. Gloria's buurman was er niet. Die mocht zeker niet van zijn vrouw. Gloria had yogidrink voor ze meegenomen.

Meneer Admiraal nam meteen een slok. 'Heerlijk! Zo ontdek je nog eens wat nieuws!'

'En er zit melk in, dus het is nog gezond ook!' zei Gloria.

Leo stak een vinger in de lucht. 'Melk is goed voor elk. Maar niet voor Jan, want die piest ervan!'

Het is wel handig dat hij zelf altijd zo hard om zijn grapjes lacht. Zo valt er nooit een pijnlijke stilte. Hoewel, mevrouw Stam moet ook steeds om hem giechelen.

Tijdens de wedstrijd voelde ik eigenlijk voor het eerst hoe goed we waren geworden. Ik lijk Idris wel, zo opschepperig klinkt dat. Maar het was echt zo. We speelden snel, vloeiend, krachtig...

'De Rolling Bones gaan winnen,' zei ik in het voorbijgaan hijgend tegen Kit.

'Ja man, wie anders?' antwoordde ze.

Kwart voor zes, het fluitsignaal snerpte over het plein. Buiten adem reden we naar het bankje.

'Kit, dat tweede doelpunt was wondermooi,' zei meneer Admiraal met een zucht.

Kit had de bal vanuit de lucht zo in het doel gemept, net als een softballer.

Mevrouw Stam kuchte. 'Mag ik als algemeen bestuurslid iets zeggen?' Nieuwsgierig keken we haar aan.

'Ik vind jullie een knalgoede club!' zei ze. 'En nu heb ik besloten dat ik jullie sponsor wil zijn. Ik doe een donatie ten bate van de uitrusting!' Ze haalde een envelop uit haar tasje en gaf hem aan tante Corrie.

'Bravo!' Leo klapte in zijn handen.

'Wat bedoelt ze precies?' fluisterde Brian.

Idris had het begrepen: 'Poen voor de Bones!' schreeuwde hij.

Tante Corrie opende de envelop en toen zei ze een woord… Nou, als de man van de hockeybond dat had gehoord werden we alsnog geweigerd!

Het was een cheque van duizend euro.

'Dat… Dat kan toch niet zomaar,' stamelde tante Corrie.

Jawel hoor! Eén, nul, nul, nul. Ik heb er snel een foto van gemaakt.

We gingen meteen de volgende dag naar een grote sportzaak. Het was me toch een mooie winkel! Honderd soorten sticks, kasten vol beschermstukken, helmen, complete harnassen lagen er.

Maar het allerprachtigste waren de skates.

Idris fluisterde steeds: 'Ik droom, ik droom.'

En Gloria, het knuffelmonster, ging de mooiste skates zoenen. Precies op dat moment kwam de man van de winkel eraan. 'Ah, echte liefde,' zei hij. 'Kan ik u helpen?'

'Nou en of!' zei tante Corrie.

Kijk maar:

Woensdagnacht kon ik niet slapen. Ik was véél te gelukkig. Om twee uur ben ik opgestaan en heb alle spullen nog eens aangetrokken. Ik besloot meteen dat ik geen fotograaf wilde worden, maar toch topsporter. Man, wat een superskates! Mijn oude wieltjes maakten dit geluid: prrrrrt! Maar de nieuwe doen alleen maar: vvvvv. Zo soepel! Ik kon wel janken, zo mooi vond ik ze. (Gloria had die middag echt gehuild.) En dan de stick: zó licht… Sorry, ik zal je niet verder vervelen.

Ik werd in ieder geval 's morgens om halfacht gewekt door mijn moeder, terwijl ik op bed lag met alles aan, ook skates en helm.

'Ik ben bang dat je een beetje te ver gaat,' zei mijn moeder bezorgd.

Van die donderdag en vrijdag weet ik niet veel meer. We zweefden over de Postzegel met onze nieuwe spullen en moesten overal om lachen.

Vrijdagmiddag kwart voor zes ging de fluit.

'Ik heb aan de dokter wat extra tabletjes voor mijn hart gevraagd,' vertelde meneer Admiraal. 'Want ik wind me enorm op over morgen!'

Leo stak een vinger in de lucht. 'Wind je niet op, wind je niet neer. Is er geen wind, dan waait het niet meer!'

Zelfs daar moesten we om lachen.

'Hoe verzint hij het!' riep mevrouw Stam verrukt.

Tante Corrie zei dat we vroeg naar bed moesten. 'We spreken af om één uur voor de hoofdingang van de sporthal.'

Die avond ging ik mijn skates schoonmaken. Niet dat dat al nodig was, maar ik was gewoon verliefd op ze!

Mijn broertje Tom kwam erbij zitten. 'Waarom doe je dat?' vroeg hij.

'Omdat ik dan morgen nóg beter kan skaten,' zei ik. (Dat had ik dus nóóit moeten zeggen, maar dat leg ik zo uit.)

Ik draaide alle boutjes los, haalde de wielen eraf, peuterde de kogellagers uit de wielen en legde alle losse deeltjes op een oude doek. Toen ging ik met een tandenborstel alles schoonmaken, tot aan de kogeltjes toe.

(Dit is misschien niet zo interessant, maar je moet even weten hoeveel werk dat is, anders begrijp je de rest van het verhaal niet.)

Toen ik eindelijk klaar was, gingen we met zijn vieren naar *Karate Kid I* kijken. Die had mijn vader speciaal gehuurd om mij af te leiden.

11

En toen was het zaterdag. Wonder boven wonder had ik gewoon geslapen en ik was van plan om ook gewoon te gaan
eten. Toen ik beneden kwam zag ik op de deurmat een envelop
liggen. *JORDAN* stond erop. Dit briefje zat erin:

Hoi Jordan,
Het lijkt me het beste om vanaf ons eigen skate-pleintje te
vertrekken. We verzamelen daar om 13.00 uur. Ik zorg voor
vervoer naar de sporthal. Bel jij de anderen even?
Tot morgen!
Corrie.

Ons eigen skate-pleintje? Waarom schreef ze niet gewoon *De*
Postzegel? En *Corrie* was ook gek, ze zei altijd 'tante Corrie'. (Ik
had meteen alarm moeten slaan. Maar ja, ik was zenuwachtig
en ik dacht dat tante Corrie dat ook was.)

Ik belde Idris.

'En gisteren zei ze dat we naar de sporthal moesten komen!'
riep hij.

'Misschien heeft ze nog een nieuw tactiekje bedacht.' Ik ver-
zon maar wat.

'Oké dan,' zei Idris.

Hij zou Kit en Brian bellen, en ik Gloria en Roel. Die reageerden hetzelfde als Idris: eerst waren ze verbaasd en daarna
vonden ze het best.

Tot een uur of elf ging het goed, toen hield ik het niet meer uit.

'Kom, we gaan wandelen,' zei mijn vader.

We liepen gewoon wat rond en mijn vader legde me van alles uit over… Ik heb géén idee meer (Sorry pap). Maar het leidde me wel af en het was lekker al tien over halféén toen ik thuiskwam.

En toen. Ik voel het zweet weer in mijn handen gutsen als ik eraan terugdenk.

Tom zat in de tuin. Op de grond voor hem lag een oude doek. Daar lagen wel honderd kleine onderdeeltjes op. Schroefjes, boutjes, ringetjes, kogeltjes… en acht opengeschroefde wieltjes.

Tom lachte. 'Goed hè? Dan kun je zo meteen nóg beter skaten!'

Ik weet niet wat er met me gebeurde, eerlijk waar. Ik begon te hijgen, te zweten en te bibberen. Langzaam liep ik op Tom af…

'Tommetje!' Mijn vader tilde mijn broertje op en liep haastig naar het tuinhek. 'Ga jij even lekker bij Ruben spelen?'

Oei, wat deed hij zijn best om rustig en aardig te klinken.

'Papa!' Ik herkende mijn eigen stem niet.

'Geen paniek, hier komen we ook wel weer uit,' zei mijn vader.

Maar ik hoorde dat hij eigenlijk dacht: hóe komen we hier in vredesnaam uit!

Mijn moeder kwam de tuin in. 'Jordan, je mag nu wel…oh.' Ze keek mijn vader aan. 'Tom?'

Mijn vader knikte en mijn moeder ging zonder iets te zeggen weer naar binnen om de telefoon te halen.

Ik belde Idris, maar zijn moeder zei dat hij al weg was. Ik belde tante Corrie, maar die nam niet op.

'Je oude skates?' stelde mijn vader voor.

'Mag ik niet mee de sporthal in.' Ik kon haast niet praten, zo erg was ik in paniek.

Mijn vader knielde bij de doek met onderdelen. 'Oké, aan de slag dan maar!'

Ik ging de rechter skate in elkaar zetten, hij deed me precies na met de linker. Je weet nu wat voor een klus het is. En ik had ook nog eens bibberhanden. Maar om kwart over één had ik weer twee complete skates. Terwijl ik ze aantrok hing mijn vader mijn rugzak bij me om.

'Ga maar naar de Postzegel, ik denk dat ze daar nog zijn,' zei hij. 'Ik zie je zo meteen, vanaf de tribune! Ik zal een foto maken als je de beker omhooghoudt!'

(Je denkt zeker, waarom bracht die vader hem niet snel met de auto? Nou kijk, ik heb als enige jongen in Nederland een autoloze vader.)

Bij skate-hockey moet je sprinten, remmen, sprinten, remmen. Maar nu moest ik juist lange, rustige slagen maken. Op de stoep, op het fietspad en soms over de weg. Mijn armen gingen heen en weer, bij elke slag mompelde ik: 'Ze zijn er nog.'

Toen ik langs het bejaardenhuis reed zag ik dat er iemand bij het keetje stond. Heel even leek het tante Corrie te zijn, maar vrijwel meteen zag ik dat het de trainer was!

Tot mijn verbazing bleef ik heel kalm. Ik had waarschijnlijk alle zenuwen al opgemaakt toen mijn skates uit elkaar waren.

Wat moest die kerel hier? En waar waren de Rolling Bones? Ik reed een stukje verder en verstopte me achter een lantaarnpaal. Nou ja, verstopte…

Hij stond iets te doen bij de deur van ons keetje, maar de afstand was te groot om te kunnen zien wat. Ik pakte mijn fototoestel uit mijn rugzak en zoomde in.

De trainer had de sleutel van het keetje! Die is zo groot als een hamer, dus je herkent hem meteen. Wat moest hij…

Ineens wist ik het: onze tactieken! Op de een of andere manier was hij erachter gekomen dat tante Corrie die op een stuk behang had geschreven. Even gauw voor de wedstrijd onze tactieken pikken, dat wilde hij!

Wat laf! Wat vals! Wat onsportief!

Dus Jordan de held sprong tevoorschijn en riep: 'Betrapt, sukkel!'

Maar niet heus.

Ik was gewoon te bang. Het enige wat ik deed was een foto maken. Ik stelde mijn toestel zo in, dat de datum en het tijdstip in beeld kwamen.

De trainer was waarschijnlijk al binnen geweest, want hij draaide de deur van het keetje op slot en liep mijn kant uit.

JA: LIEP MIJN KANT UIT!

Wist je dat een konijntje verlamd raakt van schrik wanneer er gevaar dreigt? Hij blijft gewoon zitten en kijkt de vijand met grote, lege ogen aan.

Ik deed precies hetzelfde: ik bleef doodstil staan en wachtte. Stap, stap, stap... Hij passeerde me op ongeveer drie meter, maar keek niet op of om. Hij liep gewoon door en verdween om de hoek van het bejaardentehuis. Ik stond verstijfd achter die paal. Na een tijdje hoorde ik de piepende banden van een snel wegrijdende auto.

Het enige wat ik had was die foto.

Toen hoorde ik iets heel raars, namelijk het geluid van een timmerwerkplaats. Dat is op zich niet raar, maar er ís in de buurt van de Postzegel helemaal geen timmerwerkplaats.

Ik ging langzaam op het geluid af, waardoor ik vanzelf naar het keetje reed.

Beng, beng, beng! Het leek nu eerder op een sloperij.

Toen ik vlakbij was hoorde ik: 'Help! Help!' Het kwam uit het keetje en het was Kit.

Man, ik dacht dat ik een hartverzakking kreeg. Het gebonk ging ondertussen gewoon door.

'Kit!' riep ik.

Even was alles stil. Toen werd er geschreeuwd en gestampt en gedreund!

'Jordan, we zitten hier binnen!' Dat was de stem van Idris.

Ik hield mijn hoofd bij de deur. 'Wat doen jullie daar dan?'

'Jéémig!' Dat was Brian. Ik denk dat hij het een stomme vraag vond.

'Iemand heeft ons opgesloten,' schreeuwde Kit.

Toen pas begreep ik het. Wat een smérige truc! Dat briefje aan mij, zogenaamd van tante Corrie, dat had de trainer natuurlijk geschreven. Ik had helemaal in het begin mijn adres opgegeven, weet je nog?

'Dat was de trainer,' riep ik terug.

Ze waren zo woedend dat het keetje ervan schudde.

'Is tante Corrie bij jullie?' vroeg ik.

Nee, dat was ze niet. Ik dacht na. Er waren geen ruitjes om in te slaan. De deur openbreken was ondenkbaar. Wie kon ons helpen? Al onze ouders zaten in de sporthal.

'Heeft tante Corrie een sleutel?' riep ik.

Gloria antwoordde. Eerst dacht ik dat ze zei: 'Die heeft ze natuurlijk ingeslikt.' Maar het was: 'Die heeft hij natuurlijk ingepikt.'

'Wie moet ik dan halen?' riep ik.

Ze dachten na. Of ze hadden me niet gehoord.

Ik begon nog eens. 'Wie moet ik…'

'Mijn oom!' riep Idris. 'Ga mijn oom halen!'

Ik ging meteen. Wat zij natuurlijk niet konden zien, dus ik draaide weer om, bonsde op de deur en riep: 'Ik ga nu!'

Het was inmiddels tien over halftwee. Tante Corrie wachtte al meer dan een halfuur. Zou ze op het idee komen om naar de Postzegel te gaan? Zij kon die deur wel openbeuken! Ik reed harder dan daarnet, terwijl ik toen eigenlijk al op mijn hardst ging. Bij elke slag mompelde ik: 'Vuilak!'

Hopelijk nam de oom van Idris een breekijzer mee. En een busje, dan kon hij met ons naar de sporthal scheuren.

Het politiebureau had automatische schuifdeuren. Ik reed naar de balie en zakte haast door mijn knieën van schrik: de agent met de grote pet zat er! Ik hield me vast aan de stang die rondom de balie hing. 'Dag agent, is de rechercheur er?' Ik probeerde gewoon te klinken, maar dat mislukte nogal.

'Skates uit,' zei de agent.

Ik leunde zo ver mogelijk voorover, want die balies zijn wel vier meter breed. 'De Rolling Bones zijn opgesloten in het keetje van de Postzegel door de trainer die toen geklaagd had over ons! Wilt u alstublieft de rechercheur roepen? De oom van Idris? Alstublieft!'

De agent trok zijn allersulligste gezicht en schoof een papier naar me toe. 'De rechercheur is er niet. Vul dit maar in.'

Ik wierp een snelle blik op het blad, de lettertjes dansten over het papier. Naam: Jordan Blaak. Ik schreef nog slordiger dan Tom, en die kan eigenlijk nog niet schrijven.

Dit was zinloos. Ik schoof het papier van me af. 'Zit de rechercheur soms in de sporthal?' vroeg ik.

'Grote kans van.'

Wat was dat nou voor een antwoord? Ik werd gek van die walrussenkop. Zonder iets te zeggen reed ik weg.

Vijf voor twee. De bus naar de sporthal vertrok om twee uur vanaf het bejaardentehuis. Die haalde ik niet meer. Ik dacht twee kostbare seconden na en begon toen aan de rit. De bus deed er een halfuur over. Dat moest mij toch ook lukken, want ik hoefde onderweg niet te stoppen voor nieuwe passagiers.

Lange, rustige slagen. Rug buigen. Al je kracht in je benen leggen. Ondersteunen met je armen. Ik reed zoveel mogelijk over de weg. Auto's die mij passeerden toeterden. Ik probeerde niet aan de bonkende Bones te denken, daar in hun houten gevangenis. Ik dacht aan de trainer. Als je kwaad bent kun je lekker hard skaten.

Om vijf voor halfdrie was ik er. Ik had een wereldrecord gebroken, maar niemand zou me ooit geloven. In de verte hoorde ik de bus aankomen.

De parkeerplaats voor de sporthal stond stamp- en stampvol auto's. Toch zag ik in een oogopslag de sportauto van de trainer. Alsof alleen zijn auto rood was en de rest grijs. Hij stond vlak voor de ingang geparkeerd. De trainer had natuurlijk haast gehad. Toen ik erlangs reed zag ik iets: de sleutel van het keetje lag op de bijrijdersstoel. Hij had hem gewoon naast zich gegooid. Ik drukte mijn hoofd tegen de ruit. Het rode alarmlichtje knipoogde naar me.

Ik móest de oom van Idris vinden! Net voor ik naar binnen wilde rijden, zag ik aan de zijkant van de sporthal de fiets van tante Corrie staan. De helm lag op het zadel.

Nieuwsgierig reed ik erheen.

Naast de sporthal stroomt een watertje met een brug erover. Op die brug stond tante Corrie, met haar rug naar me toe en haar armen over elkaar.

'Tante Corrie!' schreeuwde ik.

Heel langzaam draaide ze zich om.

Achteraf gezien was dit eigenlijk het ergste moment van die

dag. Hoe ze naar me keek. Ik kan het niet uitleggen, maar het was gewoon tante Corrie niet meer. Ze leek wel een spook. Even bleef ze naar me kijken, toen draaide ze zich weer om.

'Tante Corrie, de Bones zitten opgesloten in het keetje. Dat heeft de trainer gedaan! Hij zei dat we daar moesten afspreken. We zijn bedrogen! Kom gauw!' riep ik.

Met twee handen pakte ze de brugleuning vast. Het duurde even, toen draaide ze zich om. Alles was weer gewoon. Tante Corrie was terug. En hoe!

Met grote passen kwam ze op me af. 'Zeg dat nog eens!'

Ik herhaalde wat ik had gezegd. 'En die sleutel ligt nu in zijn auto,' eindigde ik.

Moet je horen wat ze toen deed.

Ze ging naar haar fiets, startte en duwde het stuur in mijn handen. 'Hou vast.'

Toen pakte ze haar helm en liep ermee naar de sportwagen. Ze keek erin, liep naar de bijrijderkant en ramde met die helm, alsof het een knuppel was, dat ruitje aan diggelen. Eerlijk waar.

Het alarm begon te gillen, niet meer normaal. Tante Corrie stak voorzichtig haar hand in het gat en pakte de sleutel. Ik rende al met de ronkende fiets naar haar toe.

Ze hees zich op het zadel. 'Hou vast,' zei ze weer, en nu bedoelde ze haar achterrekje.

Ze gaf vol gas, trapte mee met haar benen en ik duwde ook nog. Dus voordat het geluid van de sirene de mensen in de sporthal bereikt had, waren tante Turbo en ik allang uit het zicht verdwenen.

12

Ik bleef aan de bagagedrager hangen totdat ik het gevoel had dat mijn rug brak. Toen ging ik achterop zitten, maar het was heel zwaar om mijn voeten op te trekken met die skates. Dus ging ik naast de fiets skaten, totdat mijn benen trilden van vermoeidheid. Dan ging ik maar weer aan het bagagerekje hangen. Ik weet verder niet veel meer van die tocht, ik dacht alleen maar: door, door, door... Toen we bij het bejaardentehuis kwamen, hoorde ik het gebonk al. Het klonk nu regelmatig, als een zwaar tikkende klok.

'We komen eraan!' gilde ik.

Het gebonk hield even op en begon meteen weer, maar dan vijf keer zo hard. Ik reed naar de deur. 'Ik heb tante Corrie gehaald!' riep ik.

'Wat zeg je?' Dat vroeg Gloria volgens mij.

'Kit, hou eens op met dat geram!' hoorde ik Idris roepen.

Toen was het stil. Tante Corrie kwam erbij, stak de sleutel in het slot... De Rolling Bones waren vrij.

En kwaad dat ze waren! Met rode hoofden van de hitte, maar vooral van woede, stonden ze in koor tegen tante Corrie te schreeuwen.

Dit was er gebeurd: Iedereen, behalve ik dus, was keurig om één uur naar de Postzegel gekomen. Daar was niemand, maar de deur van het keetje stond open. Idris was naar binnen gelopen. 'Er staat een taart voor ons!' riep hij.

De anderen kwamen meteen naar hem toe. Ze dachten dat

tante Corrie die taart had klaargezet. Zodra iedereen binnen was, werd de deur dichtgekwakt en op slot gedraaid. En dat was dat.

Dit had tante Corrie meegemaakt: Alle trainers moesten om halféén in de kantine van de sporthal komen. Daar was de man van de hockeybond. (Die aardige, die ook op de Postzegel was geweest.) Hij vertelde alles over het toernooi, hoe laat iedereen moest spelen en tegen wie.

Toen hij klaar was, nam hij tante Corrie even apart. 'Ik heb een vervelend bericht voor u,' zei hij. 'De vader van een van uw spelers belde mij net op. De Rolling Bones komen niet. Ze durven niet, ze zijn bang om in het openbaar af te gaan.'

Wij schreeuwden van kwaadheid toen tante Corrie het vertelde!

Ik zag weer voor me hoe ze daar op die brug had gestaan. Op dat moment dacht zij dus dat wij afgebeld hadden. Ik kreeg buikpijn bij het idee hoe rot zij zich toen gevoeld moest hebben.

'Wanneer heeft de trainer die sleutel dan gejat?' vroeg Brian.

'Tijdens die vergadering, denk ik. Mijn jas hing in de kleedkamer, daar zat de sleutel in,' zei tante Corrie.

Ik ging op de grond zitten en keek op mijn horloge. Kwart voor vier.

'En nu?' Gloria hurkte naast me en sloeg een arm om me heen. Ik vond het niet eens erg.

'We moeten naar de politie!' riep Idris.

'Nee, want daar zit die sukkel met die grote pet!' zei ik meteen. 'Je oom is naar de wedstrijd aan het kijken.'

'Dan zijn we verloren. Wie gelooft ons nou?' vroeg Brian. Hij had een T-shirt aan met *Rolling B.* erop. Rolling Brian, slim!

'Ik hak die trainer in mootjes!' riep Kit. Ze snoof als een woeste stier. 'Ik stamp hem tot moes! Ik vermorzel zijn stinkende…'

'Hé!' riep tante Corrie. 'Geen geweld.'

Ik moest lachen, want ik zag ineens weer voor me hoe ze die ruit inbeukte.

'Jordan is moe,' zei Gloria.

'Helemaal niet! En ik heb ook nog iets belangrijks.' Ik pakte mijn toestel en liet de laatste foto's op het schermpje zien: De trainer voor het keetje, 13.25 uur. En de sleutel op de voorbank van zijn auto, 14.26 uur. Ik werd bijna platgedrukt, zo blij waren ze!

'We eisen dat ze het hele toernooi overspelen!' riep Idris.

Tante Corrie keek nog eens naar de foto's. 'Laten we er maar heen gaan.'

'Hoe kwamen jullie eigenlijk aan die sleutel?' vroeg Gloria nog. 'Was de auto dan open?'

'Op een gegeven moment wel,' antwoordde ik.

Er zaten zevenhonderd scheermesjes in mijn skates, tenminste zo voelde het. Maar ik zal niet zeuren. Om halfvijf waren we bij de sporthal.

De auto van de trainer stond nog op dezelfde plek, met een open raam dus. Het glas was opgeruimd.

'Hè?' Idris keek verbaasd van de auto naar tante Corrie. 'Aha!' zei hij toen lachend.

'Schiet op, naar binnen!' riep tante Corrie.

De tribunes van de sporthal waren afgeladen vol. Het leek de Arena wel, zoveel mensen zaten er. *Hup Beekse Boys!* las ik op een spandoek. Er werd niet meer gespeeld, toch keek iedereen vol aandacht naar het veld. Want wie stond daar? De trainer! Hij had een microfoon in zijn hand en hield een toespraak. Wij geloofden onze ogen niet, en onze oren al helemaal niet.

'Skate-hockey is een eerlijke sport.' Zijn stem echode door de grote zaal. 'Het gaat niet om geld of om macht. Het gaat om talent én om de ontwikkeling daarvan!'

'Kom, we trekken die microfoon uit zijn poten en we vertellen aan de mensen wat er gebeurd is,' siste Kit.

'Nee man, niemand gelooft ons,' zei Brian.

'Ik zie die man van de bond lopen!' riep Idris. 'Die moeten we hebben!'

'Ssst!' deed iemand op de tribune.

Tante Corrie hield haar hand op. 'Jordan, toestel.'

Ik gaf mijn fototoestel. 'Het gaat om foto elf en twaalf.'

'Idris, meekomen. Jij kan goed kletsen,' zei tante Corrie.

Weg waren ze.

Ondertussen praatte de trainer verder. 'De finale is daar het bewijs van! Het was een wedstrijd op topniveau! Mijn oude trainershart gloeit van trots.'

'Alsjeblieft, meneer van de bond, geloof ons, geloof ons,' fluisterde Gloria.

Wat maakt het nog uit? dacht ik. Het is toch afgelopen, want de finale is al gespeeld.

Een blonde vrouw in een glitterjurk nam de microfoon over. 'Dan wil ik nu graag het winnende team naar voren hebben!' riep ze.

'Wie heeft er gewonnen?' vroeg ik aan een jongen op de tribune.

'DTS,' antwoordde hij, terwijl hij naar de vrouw bleef kijken.

Een onbekende club dus.

'Geloof ons, geloof ons,' fluisterde Gloria.

De spelers kwamen de zaal in gereden. Negen skaters met helmen op. Ze hielden hun sticks in de lucht om te laten zien hoe blij en trots ze waren. Ze droegen witte T-shirts met *DTS* erop. Het publiek juichte, blies op toeters en zwaaide met ratels.

'DTS! Door Trainen Sterk!' schreeuwde de vrouw in de microfoon.

De skaters deden hun helm af...

Het waren de Boemerangs en de Panters.

Wat voelde ik me beroerd, zeg! Ze kregen aan een stuk door applaus en stonden elkaar maar te omhelzen en die trainer op de schouders te slaan.

Wij konden alleen maar kijken, grommend en tandenknarsend.

De blonde glittervrouw tetterde weer in de microfoon. 'Dames en heren, hier zijn ze dan, de winnaars van het Nationale Indoor Hockey Zomertoernooi: DTS!'

'WACHT!'

Het was alsof iemand de stekker uit het stopcontact trok: bewegingen bevroren, het publiek viel stil...

Tussen twee tribunes aan de overkant verschenen tante Corrie, Idris en de man van de bond. De man nam de microfoon.

'Dames en heren, jongens en meisjes.' Zijn stem echode door de grote sporthal. 'Er is iets zeer ernstigs aan de hand. De Rolling Bones hebben niet kunnen spelen vandaag. En dat komt omdat iemand ze met opzet heeft opgesloten!'

Het woord gonsde overal op de tribunes. 'Opgesloten? Opgesloten?'

Ik hield mijn adem in tot ik bijna stikte. Gloria pakte mijn hand en Kit stond geloof ik te bidden.

'Door wie? Namen noemen!' riep een man op de tribune aan de overkant.

Ik keek naar de trainer. Aan zijn gezicht was niets te merken, behalve dan dat hij stond te kauwen als een overspannen koe.

De man van de bond schudde zijn hoofd. 'Ik heb harde bewijzen gezien. Toch moeten we de zaak eerst grondig onderzoeken voordat we het openbaar maken.' Het viel me op dat hij niet één keer, nog geen tiende seconde, naar de trainer keek.

'Ze liegen!' riep een jongen op de tribune naast ons. 'Die Rolling Bones zijn gewoon te schijterig om te spelen.'

Kit was meteen aangebrand. Met skates en al begon ze de tribune te beklimmen. 'Wie is er hier schijterig!'

Gloria greep haar been. 'Kit, af!'

Op de andere tribune riep iemand: 'Finale overspelen!'

'Dat is niet eerlijk!' riep een jongen vlak naast mij. 'Dan zitten ze zomaar in één keer in de finale!'

Maar de mensen begonnen langzaam en ritmisch te klappen. 'Over-spelen! Over-spelen! Over-spelen!' riepen ze.

De andere tribunes gingen meedoen. 'Over-spelen! Over-spelen!'

Wat er toen gebeurde ging allemaal een beetje langs me heen. Een groepje mensen, waaronder tante Corrie en de man van de bond, stond met elkaar te overleggen. De zaal bleef maar 'over-spelen' roepen, steeds harder, ik werd er duizelig van. Op een gegeven moment kwam tante Corrie naar ons toe, ze zei iets maar ik verstond haar niet door alle herrie.

'Dames en heren, jongens en meisjes!' riep de man van de bond in de microfoon. 'In overleg met het bestuur heb ik besloten om de Rolling Bones nog een kans te geven. Dat wil zeggen dat we de finale overspelen.'

Brian en Roel sloegen elkaar op de handen, alsof ze al gewonnen hadden.

Ineens werd het muis- en muisstil. Het enige wat je hoorde was: vvvvv, vvvvv. Dat waren onze wieltjes, want we reden de zaal in.

'Jij gaat als eerste op de reservebank,' zei tante Corrie tegen mij. 'Mensen, ik wil duizend procent zien, de vlammen uit je kont en uit je oren, we gaan ze helemaal plat spelen!'

Daar zat ik, naast tante Corrie op de reservebank. Aan de overkant van de zaal zag ik de trainer die met een knalrood hoofd tegen de man van de bond stond te schreeuwen. Die luisterde rustig, met zijn armen over elkaar. Toen zei hij iets terug, één zinnetje. De trainer was meteen stil.

'Jordan, hier is je toestel,' zei tante Corrie. 'Je bent een held. Zonder die foto's had die man ons nooit geloofd.'

Pas toen drong het echt tot me door: DE FINALE WERD OVERGESPEELD!

13

Kit aan bal. Eén, twee, drie slagen en afspelen, naar Idris. Onderschept door een Boemerang (o nee, een DTS-er). Eén, twee, drie slagen en afspelen naar Mickey Mouse van de Panters. Die doet of hij hem aanneemt, maar stapt over de bal heen. Gloria heeft het in de gaten, pikt de bal af, een, twee, drie slagen en afspelen naar Brian. Onderschept door een Boemerang. 'uuu!' schreeuwt de trainer van DTS.

Aanval in U-vorm, bedoelt hij. De Rolling Bones snappen het meteen, Idris dekt de speler linksbuiten, aanval mislukt. Kit aan bal.

Enzovoort, enzovoort!

We speelden hetzelfde, hadden dezelfde tactieken, stickvoering, timing...

Niet dat het een saaie wedstrijd was, helemaal niet! Beide partijen vochten als gekken maar we waren gewoon precies, maar dan ook precies even goed.

Roel had bijna niets te doen, hij stond gewoon voor nop in het doel, en de goalie van DTS ook.

Ineens hoorde ik iemand zingen, hard, als een echte zanger: '*De Rolling Bones gaan nóóóóit verloren!*' Waar kwam dat vandaan? De linker tribune, ik zocht, zocht... Daar zat hij, rechtop, wandelstok tussen zijn benen: meneer Admiraal.

Toen ik hem gevonden had, was de halve zaal al aan het meebrullen. '*Knoop dat in je oren, van achteren en van voren!*' Volgens mij hoorde ik mijn broertje erbovenuit krijsen.

De fans van de Boemerangs en de Panters lieten zich niet kisten.

'Yes, yes, yes: DTS! Yes, yes, yes: DTS!' schreeuwden ze.
Het was vreselijk om aan de kant te moeten zitten, ik hield het
haast niet uit van de zenuwen! Tante Corrie zat woest op haar
tong te kauwen.

'Ja, JA… OEH!' brulde het publiek. Bíjna een doelpunt van
Kit.

'Jordan, erin,' zei tante Corrie ineens.

Ik klom over het schot en reed naar het midden, Gloria

kwam eruit. Mijn voeten stonden in de fik door die blaren, mijn beenspieren trilden van vermoeidheid, maar het kon me niks schelen. Ik speelde zoals ik nog nooit gespeeld had.

Nul-nul in de rust. Nul-nul in de tweede rust. Nul-nul na de verlenging. Nul-nul was het en nul-nul bleef het.

We kónden niet meer. Hijgend hingen we tegen de zijwand, terwijl tante Corrie en Roel de volgorde van de penalty's aan het bepalen waren. Tien meter verderop hingen de Boemerangs en de Panters. Die waren ook bekaf, al hadden ze vier reservespelers. Maar zij waren natuurlijk al de hele middag aan het spelen.

'Waar bleven jullie nou, schijtlaarzen!' riep ineens een Boemerang.

Ik zag aan hem dat hij echt van niets wist.

'Die gaat eraan,' zei Kit meteen, maar Brian hield haar tegen. 'Laat mij maar. Ik ga precies vertellen wat er gebeurd is. Ze moeten weten wat voor trainer ze hebben.' Rustig schaatste hij naar de overkant.

'Bones, komen!' riep tante Corrie.

Ik moest de laatste penalty nemen, Kit mocht eerst.

Daar stond ze, midden in die enorme zaal. Er zaten wel duizend mensen bij elkaar, toch was het múisstil. Kit zwiepte haar stick naar achteren als een golfspeler, haalde uit...

Doelpunt! De goalie had gedoken, maar naar de verkeerde kant. Het publiek juichte hard en kort.

We sloegen Roel op zijn schouder en keken hem na toen hij naar het doel reed.

Een Panter ging hem nemen. Hij sloot een seconde zijn ogen, tikte zachtjes tegen de bal, schoot...

Doelpunt. Roel kon er niets aan doen.

Gloria. Ze kuste haar stick, concentreerde zich, mepte... Erin! Twee-één.

Het werd twee-twee… drie-twee… drie-drie… vier-drie… vier-vier…

Mijn beurt. Ik reed naar de bal. Uit mijn ooghoek zag ik de kaken van de trainer op en neer gaan. Concentreren, Jordan! Ga nu niet alles verpesten! Ik hijgde van de zenuwen, echt waar. Diep inademen, één, twee… Ik tolde om mijn as, zo hard sloeg ik en hij zat!

'Oké Jor!' hoorde ik mijn vader roepen.

Vijf-vier. DTS aan de beurt. Ze hadden hun beste man voor het laatst bewaard: Ed, de grootste Boemerang. Dat werd dus vijf-vijf. En dan?

Gloria had haar ogen gesloten. 'Alsjeblieft, Roel, hou hem tegen,' fluisterde ze.

'Vergeet het maar,' mompelde Brian. 'Ed is net een kanon.'

Ed tikte met zijn stick op de vloer, keek naar de bal, naar het doel…

Ineens, razendsnel, draaide hij zich om en gaf de bal een enorme oplawaai de andere kant uit. Pang, een meesterlijk schot, recht tegen de kauwende kop van de trainer!

Nog nooit in de hele sportgeschiedenis, is een speler zo bejubeld door zijn medespelers omdat hij een penalty heeft gemist.

Heb je wel eens een bejaarde dame gezien die de polonaise danst met een dakloze, een verlegen buurman en een oude heer?

Of dertien jongens en twee meisjes die met zijn allen een beker de lucht in houden?

Een fotograaf die een foto van een fotograaf neemt?

En heb je wel eens een trainer gezien die met de staart tussen de benen wegvlucht?

Toen we maandag bij de Postzegel aankwamen, waren de Boemerangs al aan het spelen, twee tegen twee zonder goalie.

Gek genoeg deden we allemaal alsof het de gewoonste zaak van de wereld was.

'Hoi,' zeiden we.

Tante Corrie zat al op de kruk. 'Oké mensen, partijtje totdat de Panters er zijn,' zei ze.

De Boemerangs keken verbaasd, want die kenden tante Corrie nog niet als trainer.

Ondertussen stond Brian er verloren bij. Hij zette een stap naar de Boemerangs, toen weer een stap terug naar ons.

Gloria redde de zaak. 'Speel jij zolang even met de Boemerangs mee?' vroeg ze. 'Want die zijn maar met zijn vieren.'

De deur van het keetje was open, middenin stond een tafeltje met daarop: de beker!

'Onze beker!' zei Idris.

Tante Corrie schudde haar hoofd. 'De beker van de Postzegel.'

De volgende dag moesten we op het politiebureau komen. Daar zaten de oom van Idris, de man van de bond en die blonde glittervrouw (in gewone kleren).

'Het lijkt een zeer ernstige zaak te zijn,' begon de oom van Idris. 'Maar meneer Van Kalmthout ontkent alles. Daarom willen we jullie verhaal graag horen.'

Iedereen keek naar mij.

Ik legde mijn fotoboek op tafel en begon te vertellen. Het verhaal van de Rolling Bones.

De foute foto

Dit ben ik. Mijn naam is Jordan Blaak. De foto's in dit boek zijn door mij gemaakt. Ook die ene, die foute. Of eigenlijk moet ik zeggen: die foto waardoor alles fout ging.

Luister maar, ik zal het allemaal vertellen. Heel uitgebreid, want dat wilde die meneer van de krant.

Hier komt het verhaal van de Rolling Bones en de foute foto.

1

Dit zijn wij, de Rolling Bones. Die vinger is van mij.

We spelen elke middag skate-hockey op de Postzegel. (Zo heet ons pleintje.) Eerst waren we gewoon goed, maar sinds tante Corrie ons traint, zijn we supergoed. Dat klinkt opschepperig, maar het is echt waar.

Op de dag van de foto moesten we tussen flessen door zig-zaggen en dan op het doel schieten. Idris schoot weer eens een kilometertje te hoog. De bal suisde over het doel heen en ver-dween in de bosjes.

'Halen!' riep tante Corrie.

'Woef,' zei Idris. Of nee, hij zei het niet, hij blafte echt. (Idris kan heel goed geluiden nadoen, zoals piepende banden als hij remt op zijn skates.)

Hij liep in de richting van de bosjes en toen... hop, kwam de bal uit zichzelf terug!

Iedereen keek stomverbaasd naar de bosjes.

'Misschien een eekhoorn,' zei ik.

'Ja hoor, die gooien ballen terug!' riep Kit.

Idris bleef naar de bosjes turen. 'Laat je eens zien!'

'Als je durft!' vulde Kit aan. 'Of ben je soms een spion van een ander team?'

Ineens kwam er een jongen te voorschijn. Hij had engelenhaar en meisjesogen en hij zag er keurig netjes uit! Zo schoon ben ik niet als ik uit de bosjes kom, hoor! Zo schoon ben ik trouwens helemaal nooit.

'Heb jij mijn bal teruggegooid?' vroeg Idris meteen.

De jongen knikte trots. Hij keek heel, héél vrolijk.

'Jongelui, wordt er nog wat gedaan of hoe zit dat?' riep tante Corrie ongeduldig.

'Kom maar op het bankje zitten,' zei Gloria snel tegen de jongen. 'Dat is onze tribune.'

Hij ging inderdaad zitten. Er was iets geks met hem. Bijvoorbeeld, hij maakte de bank schoon voordat hij ging zitten. Met een zakdoek! Ik bedoel: wie heeft er nou een zakdoek bij zich? Ja, mijn opa!

Goed, wij gingen een partijtje doen, twee tegen twee met Roel op doel. (Idris en ik tegen de meiden.)

We hebben wel vaker publiek, bijvoorbeeld meneer Admiraal van het bejaardenhuis, maar die schreeuwt je de oren van je kop. Deze jongen niet, hij zat kaarsrecht en doodstil.

Alleen toen er gescoord werd (door Kit, grrr) riep hij: 'Hoera!'

Om kwart voor zes blies tante Corrie op haar fluitje. Dat betekent: Stoppen! We ruimden de spullen op en reden naar het bankje.

De jongen zat te stralen als een klein kind in het circus. 'Wat spelen jullie goed, zeg!' zei hij.

'Speel jij zelf ook?' vroeg Gloria.

Eerst schudde hij zijn hoofd en toen knikte hij. 'Ik speel gewoon hockey.'

Hij sprak het uit als hakkie.

'Op skates is veel leuker,' zei Idris.

Kit schaatste snelle rondjes om het bankje heen. 'Veel en veel en veel leuker!'

'Ja hallo! Blijven jullie hier overnachten of zo?' riep tante Corrie bij het hek.

We reden er snel heen, de jongen rende achter ons aan.

'Hij speelt hockey,' vertelde Idris. Hij zei expres hakkie.

'Dat is mooi. Mensen, tot morgen!' Tante Corrie deed het hek dicht en reed weg. (Hier heb je haar, ze heeft een fiets met een hulpmotortje.)

We keken haar zwijgend na.

'Je zou het zo niet zeggen, maar zij is echt heel lief, hoor!' zei Gloria tegen de jongen.

'Is het een zíj?' vroeg de jongen verbaasd. 'Ik dacht...'

'Dat tante Corrie een man was,' vulde Idris aan. 'Dat denkt iedereen, maar het is echt niet zo.'

'Nee, anders zeiden we wel ome Corrie,' zei Kit.

De jongen moest hard lachen, met zijn handen op zijn buik en zijn hoofd achterover in zijn nek.

'Loop je een stukje met ons mee?' vroeg Gloria.

Hij schudde zijn hoofd. 'Ik blijf nog even hier.'

Hier? We keken om ons heen, maar zagen alleen de hekken van de Postzegel en vieze bosjes.

'Boeiend, zeg!' zei Idris.

De jongen lachte weer.

'Hoe heet je?' vroeg Gloria.

'Ben,' antwoordde hij.

'Kom je nog eens kijken, Ben?' Gloria raakte even zijn arm aan. 'Op zaterdag hebben we altijd een wedstrijd met publiek.'

'Hartstikke graag!' riep Ben.

Toen zijn we maar weggereden. Ben zwaaide ons heel enthousiast uit.

'Wat een blije gek,' mompelde Idris.

Misschien is het je opgevallen dat Roel alsmaar niks zegt?

Klopt, Roel is niet wat je noemt een kletsmajoor. Dus áls hij een keer zijn mond opendoet, moeten we allemaal even wennen.

'Hij zou onze zesde man kunnen worden. Hij kan tenslotte al hockeyen,' zei Roel.

Stilte. We reden met zijn vijven naast elkaar over de weg die van en naar de Postzegel leidt.

Ikzelf vond het geen gek idee. We hadden inderdaad nog een zesde speler nodig, dan kun je bij een toernooi tenminste wisselen.

'Wie zegt dat hij goed is? Wie zegt dat hij kan skaten?' riep Kit.

'Niemand,' zei Gloria. 'Maar het valt toch te proberen?'

Idris vond het niks. 'Hij is helemaal geen Rolling Bones-type!'

Op dat moment reed ons een spierwitte auto tegemoet. Hij was twee keer zo lang en twee keer zo glimmend als een normale auto.

'Die reed hier gisteren ook al!' riep Kit.

'Volgens mij gaat hij naar het bejaardenhuis. Daar woont zeker een heel rijk iemand!' zei Gloria.

We kletsten nog een tijdje verder over de duurste auto's van de wereld en daarna over de duurste skates van de wereld (Devlons). Bij de kruising namen we afscheid en reden Idris en ik samen verder. 'Weet je wat het is...' vroeg hij.

Hij maakte zijn zin niet af, want we werden ingehaald door diezelfde lange, witte auto.

'Gloria had gelijk, hij heeft iemand opgehaald uit het bejaardenhuis!' riep Idris.

Ik pakte snel mijn camera, stelde de telelens in en... Klik! Hebbes!

2

De volgende dag zat tante Corrie al op haar krukje toen we bij
de Postzegel kwamen. Ineens, hop, kwam die Ben weer uit de
bosjes gesprongen. Gloria gaf een gil van schrik.

'Waar kom jij toch vandaan?' vroeg Idris. 'Je lijkt wel een
bosjesman!'

'Bosjesman!' herhaalde Ben grinnikend, maar hij beant-
woordde de vraag niet.

Kijk, ik heb stiekem een foto gemaakt.

Zie je hoe keurig? Hij was nog netter dan gisteren. Vooral

zijn sokken, man, wat waren die wit! Zo wit zijn mijn sokken
niet eens als ze net uit de was komen! (Sorry mam.)

Tante Corrie klapte in haar handen. 'Oké mensen, sticktrai-
ning!'

We moesten de bal letters laten schrijven. Je geeft hem met je stick kleine tikjes, links, rechts, en zo schrijf je bijvoorbeeld je naam op de grond.

Ben zat weer op de bank. Het leek wel of hij naar de Europacupfinale zat te kijken, zo genoot hij.

Tante Corrie liep naar het keetje om een doel te pakken. Idris wachtte tot ze binnen was en vroeg toen: 'Hé Ben, jij kunt toch hockeyen? Laat dan eens zien?'

Ben lachte verlegen.

'Hier!' Idris hield zijn stick omhoog.

'Idris, hou op!' riep Gloria.

Maar Ben was al opgestaan. Hij haalde zijn schouders op en nam de stick van Idris aan.

'Lange stick, zeg!'

Idris gooide zijn balletje op. En toen...

(Later, als ik groot ben, koop ik een videocamera. Dan kan ik beweging vastleggen. Nu kan ik het helaas alleen maar navertellen:)

Ben ving het balletje op met de stick. Hij hield hem een keer of tien in de lucht, hop hop, bovenkant stick, onderkant stick... toen legde hij de bal op de grond en liet hem MET ÉÉN TIK een rondje om zijn voet rollen. Zelfde met de andere voet. Toen liep hij een stukje achteruit met de bal aan zijn stick, het leek wel of er een magneet aan zat.

'Hoe...' mompelde Kit.

Toen gaf hij de bal een rare zwieper. Die rolde een meter of tien weg, draaide en KWAM UIT ZICHZELF TERUG! Ben haalde de bal omhoog tussen voet en stick, ving hem op en gaf hem tegelijk met de stick aan Idris.

'Nou, zoiets dus,' zei hij verlegen.

Op de volgende bladzijde zie je hoe hij keek.

Tante Corrie had het ook allemaal gezien. 'Niet onaardig!' zei ze.

Roel begon te klappen, Gloria en ik deden mee, en daarna Kit en Idris ook.

'Het stelt niet veel voor,' zei Ben zacht. 'Ik wou dat ik zo goed kon skaten als jullie!'

'Proberen?' Gloria trok de klittenbandjes van haar skates los. 'Ze zijn wel warm, maar ja.'

Daar ging hij, met de witste sokken van de wereld, in de skates van Gloria.

Hij reed naar de overkant, rechtop, best stevig, tot aan het hek, omdraaien en terug. Niet slecht, niet goed.

'Nee, dat is niks,' fluisterde Kit.

Idris schudde zijn hoofd. 'Amateurtje.'

'Doe nou niet meteen zo stom!' siste Gloria.

Ben ging weer op het bankje zitten. 'Dat kan ik dus niet!' zei hij glimlachend.

Tante Corrie bekeek hem met haar armen over elkaar. 'Heb je zelf skates?' vroeg ze.

Hij dacht na en schudde toen zijn hoofd.

(Dat vond ik raar. Je wéét toch of je skates hebt?)

'Je mag mijn oude wel hebben,' zei Gloria. 'Tante Corrie, mag hij erbij?'

'Hé!' riep Idris. 'Willen wij dat wel?'

'En wil híj dat wel?' vroeg Roel.

Ben zei niets, maar hij keek als een jarige die wordt toegezongen.

Tante Corrie kauwde nadenkend op haar tong. Na een tijdje zei ze: 'Ik geef je een maand. Daarin train je je helemaal te pletter. Als je dan een driedubbele flikflak op je skates kunt maken, bij wijze van spreken, mag je erin.'

Ben bloosde van geluk, echt waar.

'Iemand bezwaar?' vroeg tante Corrie.

Iedereen keek naar Idris. 'Wat nou!' riep hij. 'Ik zeg toch zeker niks!'

'Mooi zo,' zei tante Corrie. 'Dan is de vergadering nu gesloten en wil ik als de wiedeweerga twintig rondjes van jullie zien. Met stick en bal.'

De training was voorbij, tante Corrie was al weggetuft op haar fiets en wij wilden ook gaan.

'Ik blijf nog even lekker hier,' zei Ben.

Roel wilde al doorschaatsen, maar Idris bleef staan. 'Ben, doe even normaal met je "lekker hier". Het is hier niet lekker, het is hier niks.'

'Kom maar, Ben,' zei Gloria alsof ze het tegen een klein kind had. 'Wij rijden heel langzaam, hoor!'

Ben schudde zijn hoofd, zijn glimlach was verdwenen. 'Gaan jullie maar, joh!' zei hij benauwd.

Hij had iets te verbergen, dat was duidelijk.

'Volgens mij wordt hij straks opgehaald,' fluisterde ik tegen Kit.

Ze knikte. 'Hij heeft zeker een rare moeder, of zo.' (Over rare moeders kan Kit wel meepraten.)

'Tot morgen dan dus!' zei Ben.

Ik vond het zielig, hij wilde echt heel graag dat we weggingen. 'Kom, we gaan,' zei ik.

Gloria knikte. 'Tot morgen, ik zal mijn oude skates meenemen. Idris, kom op!'

Met grote tegenzin ging Idris mee.

Toen we bij de parkeerplaats van het bejaardenhuis waren, stond die enorme auto er weer. Zodra we passeerden, startte hij.

Ik reed meteen door naar de zaak van mijn vader.

Kijk, hier werkt hij. Daarom heb ik als enige van de klas een digitale camera, die is van hem geweest. Het is een prachtig toestelletje, zo klein als een pakje sigaretten. Ik draag het altijd bij me, echt altijd. Zelfs tijdens een toernooi. Daarom moet ik per se een sportbroek met een zak erin hebben.

'Mag ik even een foto uitprinten?' vroeg ik aan mijn vader.

'Hallo Jordan.'

'O ja, hallo pap. Mag het?'

Ja dus. We sloten mijn toestel aan op de computer, ik zocht

foto elf op, gisteren genomen... daar was hij, die prachtige auto. Ik zoemde in op de achterbank, maakte hem lichter, nog lichter... en toen wist ik het zeker. Kijk maar.

3

'Jordan, eet eens door,' zei mijn moeder.

Ik prikte een spruit op mijn vork en probeerde te bedenken waarom Ben zo geheimzinnig deed. Het is toch juist geweldig als je in zo'n auto mag zitten?

'Waarom hoeft hij maar zes spruitjes?' vroeg Tom, mijn broertje.

'Omdat jij er ook maar zes hoeft,' zei mijn moeder.

'Ja, maar ik bén ook zes, hij is ouder!'

'Dat werkt zo bij verjaardagskaarsjes, niet bij spruitjes,' legde mijn moeder geduldig uit.

Mijn vader pakte mijn arm. 'Ik weet denk ik hoe het zit,' zei hij zacht. 'Zijn vader is chauffeur bij een rijke zakenman. En nou haalt hij stiekem zijn zoontje op met die mooie auto, maar eigenlijk mag dat niet van zijn baas. Daarom mogen jullie het niet weten.'

Ja, dat zou kunnen. Jeetje, ik wou dat ik zo'n vader had! (Mijn vader heeft niet eens een rijbewijs.)

'Waarom niet bij spruitjes?' vroeg Tom.

Ik had besloten om niets over mijn ontdekking te vertellen. Idris zou het meteen gaan rondbazuinen en ik wilde eerst weten waarom Ben er zo stiekem over deed.

De volgende dag kwam Ben in zijn sportkleren naar de Postzegel! En weer was hij zo netjes! Hij leek wel een prinsje in plaats van een sportman.

'Ik kon haast niet slapen, zo blij ben ik dat ik met jullie mag spelen!' vertelde hij.

'Misschien,' verbeterde Idris meteen.

'O ja, misschien,' zei Ben.

'Mag je wel meedoen van je ouders?' vroeg ik.

Hij knikte kort en keek naar Gloria. 'Ik zal er heel zuinig op zijn.' Hij bedoelde de skates natuurlijk.

'Ja, willen de theetantes even hierheen komen?' brulde tante Corrie. 'Bones, jullie werken de lijst af. Ik wil dat je je inzet alsof we morgen kampioenschappen hebben.'

(We hebben een vaste trainingslijst: eerst rondjes rijden, dan stick-oefeningen, zoals dat schrijven van gisteren. Daarna skate-oefeningen, bijvoorbeeld achteruitskaten of remmen. En als laatste onze tactieken, bijvoorbeeld 'de kluitjesaanval'.)

Tante Corrie wenkte Ben. 'Wij gaan ondertussen het een en ander doornemen.'

'U en ik samen?' riep hij verrast.

'Die jongen is echt met alles blij,' fluisterde Idris.

We werkten braaf die lijst af, maar iedereen was afgeleid door Ben. Het is namelijk erg leuk om iemand te zien zwoegen op iets wat jij al kunt.

Ben viel constant op zijn gat. Reken maar dat dat zeer doet, je voelt een ijzeren pijn van je kont naar je kruin schieten. Maar Ben was geen zeurpiet, hij riep 'Oeps!' of 'Hola!' en stond meteen weer op.

Tante Corrie probeerde hem de basishouding te leren. (Zoals Kit hiernaast staat.) 'Zeg, hebben jullie niks beters te doen?' riep tante Corrie.

Jawel, jawel, wij gingen gauw weer verder, maar vijf minuten later stonden we weer te koekeloeren.

Idris lachte. 'Hij lijkt wel dronken.'

'Het gaat best goed!' zei Gloria fel. 'Hij doet hartstikke zijn best.'

Boem, daar ging Ben weer onderuit.

'Au! Die gaat vanavond met blauwe billen naar bed,' zei Idris.

Kit knikte. 'Toch leert hij best snel.'

'Jij blijft zeker weer lekker hier,' zei Idris om zes uur.

Ben lachte.

'Waar woon jij eigenlijk?' vroeg Kit.

'O, daar...' Hij wees vaag in de verte.

'Op welke school zit je dan?' Idris hield vol. 'En op welke hockeyclub heb je gezeten?'

'Jeetje Idris! Je lijkt wel een journalist!' riep Gloria. 'Ben, kom je morgen weer? Op zaterdag hebben we altijd een minitoernooi, tegen de Boemerangs en de Panters.'

Ik legde zo onopvallend mogelijk mijn rugzak op de grond. 'Dat zijn twee andere skate-hockeyteams,' zei ik. 'Vroeger speelden we elke dag met ze, maar nu alleen nog op zaterdag.'

'En ons bestuur komt ook,' vertelde Idris. 'Dat zijn meneer Admiraal, Leo en mevrouw Stam.'

Ben kreeg een diepe rimpel in zijn voorhoofd.

Gloria moest lachen. 'Je snapt er natuurlijk niks meer van. Kom maar gewoon, het is echt leuk.'

Toen niemand keek, gaf ik mijn rugzak een schop, zodat hij achter een boom rolde.

'Kom, we gaan. Ik krijg op mijn lazer als ik te laat kom,' zei Kit.

Ben zwaaide ons met twee armen uit, alsof we een lange bootreis gingen maken.

Toen we bijna bij het bejaardenhuis waren, zei ik: 'O jee, ik vergeet mijn rugzak! Rijden jullie maar verder, ik haal hem even.'

Idris keek me met opgetrokken wenkbrauwen aan. 'Jij vergeet anders nooit je rugzak.'

'Maar nu dus wel. Tot morgen!'

Gelukkig, ze reden verder.

Ik reed een paar meter over de weg naar de Postzegel en dook toen snel links de bosjes in. Op mijn mooie, dure skates door die gore bladeren. Ik maakte meer lawaai dan een kudde everzwijnen. Alles ritselde en kraakte. Toch kwam ik in de buurt van de Postzegel zonder dat Ben me opmerkte.

Hij had zijn zakdoek uitgespreid op de grond en daar zat hij op, met zijn rug tegen een boom aan. De skates van Gloria lagen naast hem. Jeetje, wat keek hij gelukkig uit zijn ogen! Af en toe lachte hij zelfs, alsof er in zijn hoofd moppen getapt werden.

Toen kwam de prachtige, spierwitte limousine. Hij reed langzaam door tot aan het hek. Ben stond op en zwaaide. Het portier werd geopend en de chauffeur stapte uit. Wat een man! Zeg maar gerust: wat een beer! Echt zo'n uitsmijtertype.

'Hoe ging het, mijn jongen?' vroeg hij. Hij had niet alleen het uiterlijk, maar ook de stem van een beer! Raspend en héél laag. En hij zei: 'mijn jongen' dus het was inderdaad Bens vader.

'Hartstikke goed!' Ben vertelde dat hij privé-les had gehad. 'En morgen hebben ze een minitoernooi. Er komen twee andere teams en ook nog drie volwassenen. Mag ik erheen?'

Zijn vader krabde op zijn kale hoofd. 'Mmm, drie volwassenen... dat bevalt me niet.'

'Alsjeblieft?' zei Ben.

'We zullen zien.' Toen pakte zijn vader een doos uit de auto. 'Deze wilde je toch?'

Ik verslikte me haast van schrik:

HET WAREN DEVLON-SKATES!

Weet je wel wat die kosten? Echte Devlons! Ik kan de veters nog niet eens betalen! En wat deed die Ben? Viel hij snikkend op zijn knieën en kuste hij de Devlons? Nee hoor! Hij zei: 'O ja, bedankt.'

O ja, bedankt!! Hij bekeek ze niet eens, die gek! Hij trok ze niet aan, zoende ze niet, aaide ze niet...

'Jammer genoeg mogen zij ze niet zien,' zei Ben.

'Nee, dat zou dom zijn.' Zijn vader hield de achterdeur voor hem open. 'Je kunt je beter in de auto verkleden, we staan hier al te lang.'

Ben stapte in, de deur werd dichtgeslagen en de auto startte. De motor zoemde zo zacht dat je hem bijna niet hoorde.

Ik wachtte tot ze echt weg waren, pakte mijn rugzak en reed langzaam naar huis.

Kijk, de vader van Ben was toch chauffeur bij een rijke man? (Volgens mijn vader.) Nou, misschien zijn chauffeurs van rijke mensen zelf ook heel rijk. Dan kon Bens vader met gemak skates van duizend euro voor zijn zoon kon kopen.

Maar waarom moest het dan allemaal zo stiekem?

'*Omdat ze gejat zijn,*' dreunde het door mijn hoofd.

Misschien had die vader ze ergens goedkoop op de kop kunnen tikken.

'ZE ZIJN GEJAT!'

En wij mochten ze niet zien, omdat we anders jaloers zouden worden. Dat kon toch?

'GEJAHAT!!'

Zodra ik thuis was, belde ik Idris. 'Morgen een uur eerder,' zei ik. 'Spoedvergadering.'

'Oké, ik bel de rest wel.'

Goed van hem, hè? Normaal kletst hij als een doorgeslagen papegaai, maar als het moet, is hij heel zakelijk.

4

Het was zaterdagochtend, iedereen was een uur eerder gekomen en ik had het hele verhaal verteld. In het begin geloofden ze me natuurlijk niet.

Idris moest er zelfs om lachen. 'Echte Devlons!' grinnikte hij.

Maar ik kon de foto op het schermpje van mijn camera laten zien. Toen waren ze wel even stil.

'Zie je wel,' zei ik.

'Echte Devlons,' fluisterde Idris vol ontzag.

Kit werd rood van opwinding. 'Gejat!' riep ze. 'Dat kán niet anders!'

'Of zijn vader heeft ze ergens goedkoop kunnen krijgen,' probeerde Gloria.

'Ja hoor, dat moet ik zeker geloven!' riep Kit. 'Devlons zijn niet goedkoop te krijgen, nérgens.'

'En hij mag vandaag misschien niet komen, omdat ons bestuur komt,' vertelde ik.

'Wat is daar dan mis mee?' vroeg Idris verbaasd.

Ik haalde mijn schouders op. 'Zijn vader zei ook nog: "Je kunt je beter in de auto verkleden want we staan hier al te lang."'

'Verkleden,' mompelde Gloria.

Idris sprong overeind. 'Pure maffia, ik zweer het je! Ik ga mijn oom bellen!'

De oom van Idris werkt namelijk bij de politie. Ik zag het al helemaal voor me: die grote vader van Ben die gearresteerd

werd. Zijn polsen waren vast en zeker te dik voor de handboeien! En Ben was medeplichtig, dus die moest ook de
gevangenis in.

'Wat moeten we nou doen?' vroeg Gloria. 'We weten het
toch niet zeker?'

'Weet je wat?' zei Roel.

We keken hem vol verwachting aan.

'Laten we het gewoon vragen.' Hij knikte met zijn hoofd naar
het hek.

Daar stond Ben, vriendelijk als altijd, skates over zijn schouder.

'Ik heb spierpijn, joh!' zei hij lachend.

We zaten met zijn vijven op de rugleuning van het bankje.
Idris trommelde met zijn vingers op zijn knie. Niemand zei
iets, we keken allemaal naar Ben.

'Het wordt vandaag minstens eenentwintig graden!' Hij
stond recht voor ons.

Wij leken wel een jury die iemand moest beoordelen.

'Jij, Jordan,' fluisterde Kit.

Ik schrok. 'Waarom ik?'

Idris gaf me een zetje.

'Kom op, Jor,' zei Gloria.

Nu was ik degene waar iedereen naar keek. Ook Ben.

'Eh, Ben, ik had gisteren mijn rugzak vergeten,' begon ik.

Zijn gezicht betrok, je kon meteen zien dat hij dat rot voor
me vond. Misschien was Ben wel de aardigste jongen die ik ooit
had ontmoet.

'En toen zag ik dus vanuit de bosjes, want ik ging via de bosjes, omdat... zomaar.' Warm was het ineens. 'Ik zag jou en je
vader en de...'

'Devlons.' Kit sprak het uit als een toverwoord.

Ik ging verder: 'En nu vroegen wij ons af...' Meer wist ik niet.
Tjongejonge, wat een supertoespraak!

'Of ze gestolen zijn,' zei Idris.

Wat ik nu ga zeggen, klinkt gek, maar het gebeurde echt: Ben verschrompelde. Eerlijk waar. Hij ademde heel lang uit. Zijn schouders zakten in, zijn rug werd krommer, zijn ogen werden dof, zijn hoofd ging hangen. Net een opblaasbeest dat leegloopt. 'Dat was te verwachten,' zei hij zacht.

Ik vond hem ineens zo zielig!

Hij legde de skates van Gloria voorzichtig voor haar neer. Toen stak hij een slap handje op. 'Dag jongens.' Met gebogen rug sjokte hij naar het hek.

'Hij smeert hem,' fluisterde Idris.

Natuurlijk sprong ik onmiddellijk overeind en rende naar hem toe. 'Blijf, Ben! Wij helpen je. We gaan die gestolen skates met zijn allen terugbrengen!' Maar niet heus, dus. Ik deed helemaal niks, behalve kijken.

Het hek piepte alsof er een alarm op zat. Open, píeíep... en weer dicht, skwííek.

Nog één keer draaide Ben zich om. 'Ze zijn niet gestolen,' zei hij.

Op de volgende bladzij zie je hoe we zaten. Je moet mij er dus naast denken. Sullig hè? Je kunt onze vullingen bijna tellen.

'Maar...' zei Gloria na een tijdje.

'Niet gestolen?' mompelde Idris.

Kit keek naar mij. 'Waarom zei jij dat dan?'

'ɪк??' Ik viel bijna achterover van die leuning af. 'Jij zei dat!'

Gloria en Roel knikten, maar Kit kan nooit iets toegeven. 'Helemaal niet,' zei ze. 'Ik bedoelde alleen maar...'

'Idris, haal hem terug, snel!' siste Gloria.

'Snel' is het startschot voor Idris. Hij trok een skatebandje strak, sprong overeind en was weg. Bij hem piepte het hek niet, daarvoor was hij te vlug.

Rrrt, rrrt, we hoorden zijn wieltjes zoeven. Niemand zei iets. Ik had de pest aan Kit omdat ze mij de schuld had gegeven.

'Daar zijn ze.' Gloria wees naar het hek.

Idris reed bijna zonder zijn benen uit te slaan, Ben liep met gebogen hoofd. Gloria reed erheen en pakte Bens hand. Dat doet zij heel vaak bij mensen. Ik vind het altijd vreselijk, maar Ben leek het niet erg te vinden. Met zijn drieën kwamen ze weer bij de bank.

'Als ze niet gestolen zijn, hoe komt je vader er dan aan, hè?' vroeg Kit bozig. 'En waarom neem je ze dan niet mee hierheen, hè? En waarom liep je dan weg?'

Ben dacht na. 'Hij is mijn vader niet,' zei hij toen.

'Nee, nee. Wie is hij dan?' vroeg Kit, nog steeds op die kwaaie toon.

'Kit, praat even normaal!' zei Gloria.

'Ik praat toch zeker normaal,' mompelde Kit.

Ben haalde diep adem. 'Hij heet Barry en hij is mijn bodyguard,' zei hij toen.

De anderen moesten lachen. Ik niet, ik kreeg kippenvel. Ik voelde namelijk dat hij het meende.

5

Ben ging voorzichtig op de grond zitten. (Je kon zien dat hij spierpijn had.) Dit was zijn verhaal:

'Ik ben de zoon van Hein Botani.'

Niemand reageerde.

'Je weet wel, de rijkste man van Nederland,' zei Ben.

('Ja hoor!' riep Kit. 'Stil nou even,' zei Gloria.)

'Een jaar geleden ben ik bijna ontvoerd. Barry, mijn bodyguard dus, kon het nog net voorkomen. Mijn ouders werden natuurlijk bang. Ze zijn in het geheim verhuisd, niemand mocht weten waarheen. Sindsdien mag ik niet meer alleen over straat en ook niet meer naar een gewone school. Ik heb nu een privé-onderwijzer. Niemand mag mij kennen en ik mag niemand kennen. Tot oktober, dan gaan we verhuizen naar Amerika. Barry mag wel met me rondrijden, maar ik mag niet uit de auto komen.'

Hij vertelde het rustig, zonder iemand aan te kijken.

Kit zuchtte diep. 'Wow!'

'Hoe is je vader dan zo rijk geworden?' vroeg Idris argwanend.

'O gewoon,' zei Ben, 'hij doet iets met computers.'

Idris lachte spottend. 'Ja, dat doen we allemaal!'

'Zijn vader doet heus niet van die domme vechtspelletjes!' zei Gloria.

'En toen?' vroeg ik aan Ben.

Hij vertelde verder. 'Ik zag jullie vanuit de auto, skatend naast elkaar, op weg naar de Postzegel. Idris deed raar en jul-

lie moesten lachen. En daar zat ik dan, in die grote auto, die...
die rijdende gevangenis. Ik voelde me zo afschuwelijk alleen,
ik wilde zo vréselijk graag met jullie spelen! Ik dacht, was ik
maar dood. Echt waar. En dat zei ik ook tegen Barry.'

Uit mijn ooghoek zag ik dat Gloria moest huilen. (Ze huilt
heel snel.)

Ben zag het niet want hij keek nog steeds niemand aan.
'Barry zei: "Kom op, we gaan er even uit." Toen hebben we ons
in de bosjes verstopt en daar hebben we wel een uur naar jullie zitten kijken. Ik genoot, joh! Die nacht fantaseerde ik dat ik
een van jullie was. En de volgende dag verstopten we ons weer.'

'Dus jullie hebben heel lang naar ons zitten gluren, zonder
dat wij het wisten!' riep Kit.

'Geeft toch niet?' zei Gloria zacht.

'En toen schoot Idris per ongeluk zijn bal de bosjes in,' vertelde Ben verder.

'Dat deed ik expres,' zei Idris.

'Echt niet!' riep Kit.

'Zonder erbij na te denken, gooide ik hem terug!' Ben kon
gelukkig weer lachen. 'En toen begonnen jullie te roepen dat ik
te voorschijn moest komen. Toen fluisterde Barry: "Ga maar,
ik kom je om zes uur halen."

De rest weten jullie. En nu is het voorbij, want nu jullie het
weten, vindt Barry het te gevaarlijk.' Hij zuchtte oneindig diep.

Normaal had ik dat wel grappig gevonden, maar nu viel er
echt niets te lachen. Door mijn stomme actie was zijn geheim
ontdekt.

'Zitten die ontvoerders nu nog achter je aan?' vroeg ik.

Ben haalde zijn schouders op. 'Dat weten we niet zeker.
Maar de politie denkt dat ze het nog eens zullen proberen. Als
ze tenminste ontdekken waar ik zit.'

'Hoe rijk is je vader eigenlijk?' vroeg Idris.

Gloria was naast Ben op de grond gaan zitten, ze streek met
haar vinger over een korstje op zijn knie.

Ben haalde zijn schouders op. 'In ieder geval rijker dan de koningin, dat is alles wat ik weet.'

'Ik wou dat mijn ouders zo rijk waren,' zei Kit dromerig.

'Nee hoor, dat wou je niet. Echt niet.' Ben stond op. Zo vrolijk als hij de afgelopen dagen was, zo verdrietig keek hij nu. (Ik heb natuurlijk geen foto genomen.)

'Waar ga je nu heen?' vroeg ik.

'Naar Barry, die staat te wachten bij het bejaardenhuis.'

Sjok, sjok, opnieuw slofte hij van ons vandaan.

Maar ditmaal kwam hij niet ver. Gloria sprong op, schaatste naar het hek en ging daar met haar armen wijd staan. 'Nee, Ben!' zei ze streng. 'We gaan met z'n allen een plan verzinnen.'

'Dat kan niet!' Ben raakte in paniek. 'Het is veel te gevaarlijk!'

Ik reed er ook heen. 'We verklappen niks. Echt, je kunt ons vertrouwen!'

Ben schudde zijn hoofd en probeerde langs ons te komen.

Kit, Idris en Roel kwamen erbij. 'Als ze je pakken, schoppen wij ze van je af!' riep Kit. (Zij wil altijd schoppen, beuken en slopen.)

'Laat me erlangs.' Ben huilde nu. 'Jullie weten niet waar je het over hebt.'

'We kunnen heus wel een geheim bewaren!' riep Gloria, ook meteen weer in tranen natuurlijk.

'Laat me alsjeblieft gaan!' Ben probeerde Idris weg te duwen, heel paniekerig allemaal.

Toen zei Roel iets, namelijk: 'Je bent nu eigenlijk al gekidnapt.'

Iedereen werd meteen rustig.

'Hoezo?' vroeg Ben, met zwarte vegen op zijn wangen.

'Je mag niks doen van je ouders, je mag nergens heen,' zei Roel. 'Dat is toch hetzelfde als gevangenzitten?'

(Stel je voor, je hebt een hond en die fluit heel af en toe een liedje. Steeds als hij het doet, ben je weer stómverbaasd. Je weet dat hij het kan, maar het blijft gek. Nou, zo ongeveer is het als Roel praat. Snap je?)

'Hé... Ja!' zei Idris nadenkend. 'Dat klopt!'

Kit knikte. 'Ja Ben, blijf nou maar. We zeggen gewoon niks tegen die Barry.'

Ben schudde zijn hoofd, maar ik zag dat hij nadacht.

'Ben, luister.' Gloria pakte hem bij de schouders en keek diep in zijn ogen. 'Wij zweren dat we zullen zwijgen.'

Ben stond doodstil, alleen zijn ogen bewogen, van Gloria naar Kit naar Roel naar Idris naar mij. Toen schraapte hij zijn keel. 'Het is geen spelletje, daarvoor is het te gevaarlijk.'

We knikten ernstig.

Ben draaide zich om, hij kneep zijn ogen tot spleetjes en tuurde in de bosjes. Waarschijnlijk wilde hij er zeker van zijn dat Barry er niet was. Toen knikte hij, terwijl het zweet op zijn voorhoofd stond.

'Kom, we gaan een eed afleggen,' zei Idris meteen.

'Een skate-eed,' zei Roel.

6

Zo gingen we zitten, midden op de Postzegel.

'Ik snij in jullie vingers en dan moeten jullie je bloed mengen,' zei Idris.

'Ja, dag!' riep Kit. 'Snij maar lekker in je eigen vingers.'

Gloria schudde haar hoofd. 'We moeten iets van elkaar dragen, dan heb je pas een verbond.'

'Je onderbroek zeker!' Idris trok zijn neus op.

Gelukkig kon Ben weer lachen. We bekeken onszelf en elkaar. Niemand had een petje of een ring om te ruilen.

'Helmen ruilen?' probeerde Kit.

Nee, die waren op maat gekocht.

Broeken?

Ineens wist ik het. 'Sokken! We ruilen sokken!'

'Getver!' zei Kit.

Maar de anderen vonden het een goed idee. 'Eén sok houden en eentje wisselen,' zei Gloria. 'En als mensen dan vragen waarom we verschillende sokken dragen, zeggen we: "Dat is ons geheim."'

(Drie keer raden met wie ik ruilde.)

Toen iedereen de skates weer aanhad, legden we onze handen op elkaar.

'Wij beloven...' begon Ben plechtig.

'Wij beloven,' zeiden wij allemaal (ook Roel dus).

'Dat wij nooit, nergens en aan niemand zullen vertellen...' Het leek wel een toverspreuk zoals Ben het uitsprak.

'Dat wij nooit, nergens en aan niemand zullen vertellen...' herhaalden wij.

Ben fluisterde nu: 'Dat ik de zoon ben van Hein Botani.'

'Dat ik de zoon...' begon Kit meteen.

'Nee gek, híj!' zei Idris.

'Dat hij de zoon is van Hein Botani,' zeiden we toen allemaal zacht. ·

Toen sloeg Gloria met haar vuist op haar T-shirt, precies waar het skatertje stond. 'Bone op de borst, Bone ín de borst!'

En wij allemaal: 'Bone op de borst, Bone ín de borst!'

'Zo, vroege vogels!' Daar was tante Corrie. Het mandje voor op haar fiets zat vol lege flessen. Die gebruiken we altijd om zigzag te oefenen.

'Dat mandje was eigenlijk voor haar hondje, maar die is al een jaar dood,' fluisterde Kit tegen Ben.

Tante Corrie zette haar handen in haar zij en bekeek uitgebreid onze enkels. 'Is dat soms hip?' Meer zei ze er niet over. Ze haalde haar mandje leeg en legde uit wat we gingen doen. 'Mensen, er is een verschil tussen de bal slaannn en de bal schuivennn.' (Tante Corrie zet altijd een stoere stem op als ze training geeft.)

Ik kon me niet concentreren door het gedoe met Ben. Was het niet veel te gevaarlijk wat we deden?

Ik keek naar de anderen. Roel kon een geheim bewaren, dat stond vast. Als ze hem honderd dagen zouden opsluiten onder de verschrikkelijkste omstandigheden, zou hij nog niks zeggen. Gloria was ook betrouwbaar. Maar Kit? En vooral: Idris?

Idris had een sok van mij aan, eentje met Dagobert Duck erop. Ook toevallig, dat was de rijkste eend van de wereld en Bens vader was...

'Jordan, kom eens terug op aarde!' riep tante Corrie. 'Mensen, aan de slag. Probeer het maar gewoon een paar keer uit. Ben, wij gaan weer apart trainen.'

Ik reed naar Ben toe. 'Weet je bodyguard dat ons bestuur vandaag komt? En ook nog de Boemerangs en de Panters?'

'Ja,' zei Ben. 'Alleen als er een nieuw iemand komt, dus

iemand die jullie ook niet kennen, dan moet ik hem onmiddellijk waarschuwen.' Hij wees op zijn broekzak. 'Ik heb een alarmapparaatje bij me.'

Eerst kwamen de Panters en de Boemerangs. Kijk, hier heb je ze.

Dat ukkie aan de zijkant is hun nieuwe trainer. Eerst hadden ze een ander, maar die is voor eeuwig geschorst.

Toen kwam Leo, we hoorden hem al brullen voordat we hem zagen. 'Jaaa, hockey, dat is voetbal met een stokkie!'

'Niet schrikken,' zei Gloria snel tegen Ben. 'Leo doet altijd gek.'

Ben haalde diep adem en reed naar Leo toe. 'Dag, ik ben Ben.'

'Dag, ik leo Leo.' Leo pompte Bens arm alsof hij hem wilde opkrikken.

Meteen daarna kwamen mevrouw Stam en meneer Admiraal. (Zij wonen in het bejaardenhuis en Leo is een dakloze. Met zijn drieën zijn ze ons bestuur. Op de volgende bladzijde zitten ze.)

Elke zaterdag komen ze naar ons kijken. Dan krijgen ze limonade en winegums én een topwedstrijd.

'Welkom Ben!' zeiden meneer Admiraal en mevrouw Stam.

Het werd een hartstikke leuke middag, ondanks het feit dat de Boemerangs wonnen.

'En? Weet je al wat meer over dat jongetje en die grote auto?' vroeg mijn vader die avond.

Oeps. Ik keek naar mijn sokken, links de spierwitte, rechts oom Dagobert. 'Het was zijn oom,' zei ik.

'Oh. Is die chauffeur?' vroeg mijn vader.

Ik knikte. Als je knikt, lieg je minder erg dan wanneer je 'ja' zegt.

7

Vanaf die dag was Ben er altijd bij. In het begin hadden we het de hele dag over rijk zijn. We vroegen hem de oren van zijn kop.

'Heb je een videocamera?' vroeg ik bijvoorbeeld.

Ben knikte. 'Wil jij hem hebben? Ik doe er toch niks mee.'

Voordat ik 'GRAAAAAG!!' kon schreeuwen, zei Gloria: 'Dat moet je niet doen, Ben. Wat moet Jordan dan thuis zeggen?'

O ja.

'Heb jij een eigen McDonalds?' vroeg Kit.

Nee, die had hij niet. Maar wel een eigen kok.

'Ik heb mijn kok gisteren ontslagen,' zei Idris. 'Hij had een patatje laten aanbranden.'

Ben moest lachen.

'Heb je een paard?' vroeg Kit.

Ja, twee zelfs. Welja, wij keken nergens meer van op.

'Op welke manege...' begon Gloria. 'O nee, laat maar.'

Eigen manege, natuurlijk.

Maar na een week waren we gewend. En elke middag als we langs de parkeerplaats van het bejaardenhuis reden, deden we enorm ons best om niet naar die grote auto te kijken.

Iedereen droeg elke dag de wisselsok. De mijne was allang niet meer zo spierwit als toen ik hem kreeg. En dat terwijl ik hem elke avond met de hand uitwaste. (Dat moest van mijn moeder.)

We mochten om de beurt een hele dag op de Devlons van Ben. Lekker waren die!! Alsof ze een hulpmotortje hadden, net zoals de fiets van tante Corrie.

'Ik kan mijn nieuwe skates gewoon meenemen,' had Ben tegen Barry gezegd. 'Want ze weten niet dat ze zo bijzonder en zo duur zijn.'

(Kit zei: 'Denkt die Barry soms dat wij zwaar achterlijk zijn, of zo?')

Op dinsdagmiddag, precies een maand later, was het tijd voor De Grote Test.

Wij zaten op de bank, tante Corrie op haar kruk naast het keetje. 'Oké Ben, tien rondjes met stick en bal, graag.'

Wij keken toe. Ik was zenuwachtig omdat ik heel graag wilde dat Ben erbij mocht.

Daar ging hij. Zijn stickvoering was perfect, maar dat wisten we al. De bal leek aan zijn stick vast te kleven.

'Zijn pootje-over is best goed geworden,' zei Gloria.

Idris keek bedenkelijk. 'Hij is bang in de bochten.'

Ja, dat zag ik ook. Wij durven zo schuin te hangen dat onze schouders bijna de grond raken. Ben was te voorzichtig.

'Ben, rondje achteruit!' riep tante Corrie. 'En dan een sprintje met noodstop!'

Ben deed vreselijk zijn best, dat wel.

'Hij skate als een eend,' zei Kit op een gegeven moment.

'Heb jij dan wel eens een eend zien skaten?' vroeg Gloria.

'Neehee!' Kit zuchtte vermoeid. 'Ik bedoel, hij skate zoals een eend loopt.'

We moesten lachen omdat ze gelijk had. Het leek op waggelen wat hij deed.

'Roel, op je doel!' riep tante Corrie. 'Ik wil wat penalty's zien!'

Dat kon Ben weer heel erg goed, beter dan wij. De ballen suisden als kogels, ze gingen er allemaal in. En dat terwijl Roel een supergoalie is.

'Oké Ben, dank je wel!' riep tante Corrie.

Ben reed naar ons toe. 'Ik geloof dat het nergens op leek!' zei hij verlegen.

'Jawel hoor, Bennie!' Gloria gaf hem een klopje op zijn rug. 'In sommige dingen ben je zelfs beter dan wij!'

'Echt niet,' mompelde Kit.

We keken gespannen naar tante Corrie. Ze staarde in de verte en dacht na. Idris deed spannend tromgeroffel na, met zijn tong of met zijn lippen, weet ik veel hoe hij die geluiden altijd maakt.

'Als ik te slecht ben, mag ik toch wel naar jullie blijven kijken?' fluisterde Ben.

'Natúúúrlijk,' fluisterde ik terug.

Na een eeuwigheid stond tante Corrie op. 'Mensen, partijtje, drie tegen drie!' Ze liep het keetje in om de doelen te pakken.

'Drie plus drie...' fluisterde Gloria.

'...is toch zes?' vroeg Kit sullig.

'O ja.' Tante Corrie draaide zich nog even om. 'Ben, welkom bij de Rolling Bones!'

Kijk: een miniserie. Gefotografeerd door Jordan Blaak, getiteld: *vreugde en daarna*.

'Wanneer gaan we het vieren?' vroeg Gloria.

Tante Corrie was de doelen aan het goed zetten. 'Vieren?

Trainen zul je bedoelen! We hebben over anderhalve maand een toernooi, jongedame.'

Gloria liet zich niet kisten. Ze ging naar tante Corrie en sloeg een arm om haar heen. (Je moet maar lef hebben!) 'Aaah, een heel klein feestje, omdat we zo blij zijn.'

Tante Corrie liep gewoon verder, alsof er niemand aan haar rug hing.

Gloria hield vol. 'Eén piepklein minipartijtje...'

'Oké mensen, starten!' riep tante Corrie.

Jammer dan. Gloria schaatste snel naar de middenstip.

Tante Corrie pakte haar fluit, maar voor ze blies zei ze: 'Woensdag om halftwee: plechtige inwijding van Ben.'

Prrrrt, startsein.

8

Vanaf woensdag ging alles mis. Ik had nooit, nee, ik bedoel, hoe wist ik nou...

Wacht. Sorry. Ik zal bij het begin beginnen.

Meteen uit school gingen we naar de Postzegel, waar tante Corrie al klaar zat met... ons hele bestuur! Ze waren speciaal gekomen voor het inwijdingsfeest van Ben. (Die er zelf nog niet was.)

'Jullie hebt een goede keus met hem gemaakt,' zei meneer Admiraal.

Mevrouw Stam knikte. 'Ik heb het vage gevoel dat ik hem al eerder heb gezien. Hij heeft zo'n bekend koppie.'

Ik schrok me rot!

Leo lachte zijn groezelige tanden bloot. 'Hé men, ik ken die Ben!' riep hij.

'Hoe luidt zijn achternaam?' vroeg meneer Admiraal.

Idris aarzelde geen moment. 'Jansen.'

'Met dubbel s,' voegde Gloria eraan toe.

Tante Corrie klapte in haar handen. 'Oké mensen, in de benen! We gaan vast wat doen.'

Op dat moment hoorden we Bens stem. 'Nee, nee. Jij blijft hier wachten tot ik je roep. Ga eens zitten!'

(Ik dacht toen nog dat hij het tegen die bodyguard had.)

Toen kwam hij te voorschijn, hij keek zo mogelijk nog blijer dan anders.

'Ha, daar hebben we BEN JANSSEN MET DUBBEL S!' riep Idris.

Ben liep naar tante Corrie toe, draaide zich om en floot. Als een vuurpijl kwam er een klein, bruin hondje op ons afgeschoten. Ik kon hem amper volgen met mijn ogen, zo idioot snel rende hij. Eerst een rondje om Bens voeten, toen om het bankje, om tante Corries voeten, toen trrrrt, om beide doelen heen.

'Alstublieft tante Corrie, voor u!' zei Ben trots. 'Hij heet Puck, hij is negen weken oud, hij heeft alle prikken en een stamboom.'

Hier heb je de liefste foto die ik ooit heb gemaakt.

Wij probeerden hem allemaal te aaien en Leo riep: 'Hellup, een rat!'

En tante Corrie? Die zakte op haar ene knie, toen kreunend op de andere, ze spreidde haar armen en hop, Puck sprong er meteen in. Hij schurkte zich eens lekker tegen die grote boezem en sloot toen zijn puppy-oogjes, alsof hij dacht: 'Eindelijk thuis!'

Dit klinkt allemaal wel gezellig, hè? Luister dan maar eens wat er daarna gebeurde.

We brachten een toast uit op Ben. Gloria had een Rolling Bones T-shirt voor hem gemaakt en van mevrouw Stam kreeg hij polsbeschermers als welkomstcadeau.

Tante Corrie had ineens geen aandacht meer voor ons. 'Istiedanzo'nbravertje?' Dat soort dingen zei ze tegen Puckje.

Roel stond op, hij rolde de bal voor zich uit... Zoef! Met de snelheid van het licht schoot Puck erop af. Roel probeerde hem te ontwijken, struikelde en viel.

Als Idris valt, grijpt hij zijn knie, altijd zijn knie. Hij vertrekt zijn gezicht alsof hij een zesdubbele beenbreuk heeft en dan gaat hij kermend heen en weer rollen. Altijd.

Roel niet. Om te beginnen kan hij goed vallen omdat hij goalie is. Maar als het eens fout gaat, schudt hij een paar keer flink zijn hoofd en dan gaat hij verder.

Daarom schrokken we nu zo. Roel bleef liggen, hij werd zo wit als de sok van Ben. Tante Corrie rende naar hem toe. (Ik dacht eerst dat ze naar Puck rende, maar dat viel weer mee.) Heel, heel voorzichtig maakte ze Roels skate los. Roel kreunde zacht.

'O Roelie,' jammerde Gloria met natte ogen.

Tante Corrie bekeek Roels voet en klakte met haar tong. 'Foute boel,' zei ze.

'Gebroken,' fluisterde Kit.

'Waar is de plaksel?' vroeg Leo. Niemand lachte, hijzelf ook niet, wat heel uitzonderlijk was.

Puck was op de schoot van mevrouw Stam gesprongen, hij ging heerlijk op zijn rug liggen met zijn rubberen buikje bloot.

Langzaam kwam Roel overeind, hij was lijkbleek. Ik dacht snel aan ijskoud water, anders zou ik flauwvallen. Ik kan ook niet tegen bloed of tegen overgeven.

'Zal ik een ambulance waarschuwen?' vroeg meneer Admiraal. (Hij sprak ambulance op zijn Frans uit.)

Op dat moment werd er getoeterd.

'Goeiemiddag samen!' Het was Barry de bodyguard met zijn berenlijf en zijn berenstem! 'Ik kom hier toevallig langs-rijden, kan ik soms wat voor u betekenen?'

Tante Corrie knikte. 'Ziekenhuis,' zei ze.

Er was aan niéts te merken dat Ben Barry kende. Ik dacht aan het alarmapparaatje in zijn broekzak en snapte ineens waarom Barry 'toevallig' langskwam. Goeie van Ben!

Barry bukte en tilde Roel op, alsof hij zo licht als een baby was. Roel hijgde van de pijn. 'Tante Corrie, ga je alsjeblieft mee?' vroeg hij.

Ik kreeg me toch een brok in mijn keel! En die werd nog eens twee keer zo dik toen tante Corrie zei: 'Natuurlijk, mijn jochie!'

We bleven beteuterd achter. Meneer Admiraal vertelde dat hij een keer zijn been had gebroken en dat dat zes weken had geduurd. Kit heeft wel eens haar pols gebroken, dat wist ik nog, die liep twee maanden met gips. Leo heeft een keer zijn hart gebroken, zei hij, en dat was nooit meer helemaal goed geko-men.

Toen gingen we maar wat heen en weer slaan met de bal. Dat was nog best leuk, want Puck rende steeds achter de bal aan of ging zelfs aan onze sticks hangen. Sterk dat hij was! Zijn staar-tje leek net een propeller, rrrt, hij steeg bijna op, zo snel kwi-spelde hij.

Meer dan twee uur later kwam de grote auto weer voorrij-den. De deur ging open en hiernaast zie je wat we als eerste zagen.

Wat een klomp, hè? Hij had er twee krukken bij, anders kon hij niet eens vooruitkomen. Tante Corrie liep meteen naar Puck. 'Dag Puckiebuckie,' zei ze.

'Deed het erg pijn?' vroeg Gloria.

'Ging wel,' zei Roel.

'Hoe lang moet het gips erom blijven?' vroeg Idris.

Al die aandacht, Roel vond het maar niks, dat zag je zo. Hij stak vier vingers op.

'Weken?' vroeg ik.

Hij knikte.

Ik ging meteen tellen. Nog hoeveel weken voor het zomertoernooi? Vijf, zes, zeseneenhalf! Het zou nét kunnen...

Volgens mij waren de anderen ook aan het rekenen, zelfs meneer Admiraal staarde fronsend in de verte.

'Vier weken gips,' mompelde Idris. 'En dan nog even aansterken...'

'Voorlopig moeten we een inval-goalie hebben.' Tante Corrie keek naar Ben.

'Mij best,' zei die.

Toen kwam Barry het pleintje oplopen. 'Zeg maatje, ik rij je wel even naar huis. Ik moet toch die kant op!'

'Wat heeft u een schitterende automobiel,' zei meneer Admiraal.

'Van mijn baas, meneer! Van mijn baas!' Barry keek naar Ben. 'Is er misschien nog iemand die die kant op moet?'

'Ja, ik!' zei Idris. (Die oen! Barry bedoelde natuurlijk Ben.)

'Nee man, jij moet totááál de andere kant uit!' riep Gloria snel.

Gelukkig snapte Idris het. 'Oh ja.'

'Ik wel, graag,' zei Ben.

'Nou, instappen dan.' Barry draaide zich om en liep weg.

Wat een rug had hij! Als Roel alle beschermstukken van zijn goaliepak zou dragen, was hij nog maar half zo breed als Barry.

9

'Hoeveel geld heeft de koningin volgens jullie?' vroeg ik 's avonds aan tafel.

'Duizend euro?' gokte mijn broertje.

(Ik mag van mijn moeder nooit lachen als hij iets doms zegt.)

Mijn vader dacht een half miljard en mijn moeder zei dat echte rijkdom van binnen zit. (Braak braak.)

Ra ra, hoe kwam Roel de volgende dag op school?

En na schooltijd bracht Gloria hem op dezelfde manier naar de Postzegel. Achterstevoren zittend vertelde hij (*vertélde hij!*) over Barry. Die had onderweg naar het ziekenhuis vieze liedjes gezongen om Roel af te leiden. Tante Corrie had er niet eens iets van gezegd, terwijl zij anders altijd heel streng en netjes is.

'Zing eens na?' vroeg Idris.

Ja hoor, Roel en zingen! Idris moest weer eens rare dingen vragen.

Tante Corrie en Ben waren er al, ze waren aan het oefenen met Puck. Hij moest blijven zitten, terwijl Ben met de bal speelde. Geen dénken aan, natuurlijk. Dus deden ze hem aan de riem, waarop hij begon te janken alsof de hele wereld hem in de steek had gelaten.

De training was gericht op Ben. Hij trok om te beginnen het goalie-pak van Roel aan. Helaas paste de helm niet, hij zakte als een emmer over Bens hoofd heen.

Idris moest lachen. 'Roel heeft een te dikke kop!'

'Hoofd heet dat!' zei tante Corrie streng.

Ben ging op doel staan, wij moesten op verschillende manieren de bal schieten. Bijvoorbeeld: opskaten tot de viermeterstip en dan scoren. Of: zigzaggen erheen, overspelen, terugkrijgen, scoren. Of: achteruitskaten met bal, omdraaien, scoren.

Ben deed zijn best, maar zo goed als Roel kon hij het absoluut niet.

Zaterdag kwamen de Panters en de Boemerangs weer. En ons bestuur, natuurlijk.

Misschien denk je nu: ja, dat weet ik onderhand wel. Maar ik móét het even vertellen, omdat er iets belangrijks gebeurde. Ik zal het kort houden:

Wij begonnen tegen de Boemerangs.

(Als een team twee doelpunten heeft gemaakt, moet de verliezer eruit. Dat is de regel.)

Ben ging dus keepen.

De Boemerangs spelen altijd grof en ruw, echt waar, het is net een kudde nijlpaarden.

Maar hoe lomper zij spelen, hoe sneller wij worden. Kit floepte meteen in de eerste minuut langs één, twee Boemerangs, passte naar Idris en... hangen!

'Schitterend, Kitje!' riep meneer Admiraal.

De Boemerangs beukten zich door onze verdediging heen: één-één. Jammer.

Gloria aan bal, werd onderschept door een Boemerang, die ging er in zijn eentje vandoor, Ben zette zich schrap, ik ook met mijn fototoestel, de Boemerang schoot snoeihard, Ben nam een duik, práchtig, en stopte de bal.

Kijk, hier heb je hem. Zie je hoe scherp zijn gezicht erop staat?

Nou, de rest is niet meer belangrijk, tenminste niet voor het verhaal. Ik zal eerlijk vertellen: de Panters wonnen drie potjes, wij twee en de Boemerangs ook twee.

Helemaal op het eind mocht Puck los, hij rende over de Postzegel alsof zijn staartje in de fik stond. Ik heb mijn hele geheugenkaart op hem volgeschoten.

Daarna zette iedereen zijn naam op Roels gips. Idris fluisterde nog dat hij verbaasd was dat de Boemerangs konden schrijven. En toen gingen we naar huis. Ik reed meteen door naar de zaak van mijn vader vanwege de foto's van Puck. (Ik mag twee foto's per week afdrukken, anders wordt het te duur.)

Maar mijn vader zei: 'Ik doe het maandag wel, want mama zit te wachten met het eten.'

Zo ging het.

Die maandag begon tante Corrie over het zomertoernooi. 'Mensen, ik heb een trainingsschema gemaakt. Vanaf vandaag gaan we ons helemaal het apezuur werkennn!'

'Wat is dat zomertoernooi precies?' vroeg Ben.

Iedereen keek hem aan, alsof hij had gevraagd wie Sinterklaas was.

'Weet je dat niet??' vroeg Idris.

Kit zou gezegd hebben: 'Nee, moet dat dan?' of zoiets, maar Ben keek net zo verbaasd als wij. 'Nee, echt niet,' zei hij.

'Dat is een kampioenschap van alle skate-hockeyclubs uit het hele land,' vertelde Gloria. 'Als je wint, ben je de beste club van Nederland.'

'En ra ra, wie heeft er vorig jaar gewonnen?' vroeg Kit.

Ben hoefde niet eens na te denken. 'De Rolling Bones natuurlijk!' Hij draaide zich om en reed weg.

Wij keken hem lachend na. Idris kwaakte even, omdat Ben nog steeds een beetje waggelde.

'Een jongen naar mijn hart,' zei tante Corrie. 'Oké mensen, twintig rondjes met stick en bal. En Roel, voor jou heb ik een rekstok. Jij moet in conditie blijven.'

Op vrijdagmiddag ging ik na de training mijn vader ophalen. Dat doe ik wel vaker, dan hang ik nog even rond in zijn winkel, en als hij klaar is gaan we samen naar huis.

Ik reed de straat in en keek in de etalage van de winkel...

Ik weet zeker dat mijn hart minstens dertig seconden stilstond. En daarna een inhaalrace deed. Ik werd helemaal slap, ik kon niks meer, alleen staren naar die foto en hopen dat mijn hart ooit weer normaal ging kloppen.

Toen ik eindelijk weer kon bewegen, rende ik de winkel in en probeerde de foto uit de etalage te grissen.

'Hé hé hé!' riep mijn vader.

De foto was op karton geplakt en zat vast aan twee stukken nylondraad.

(O ja, sorry. Het ging om die foto dat Ben goalie is.)

Er stond ook nog een klant in de winkel, een vrouw. Ze gaf een gil en drukte zich tegen de muur aan. Die dacht zeker dat ik een overval kwam plegen!

'Hij is mijn zoon,' zei mijn vader snel. 'Jordan, wat is er?'

Ik rukte als een gek aan die draden. 'Dit is míjn foto!' riep ik.

Hij probeerde me van achteren tegen te houden. 'Natuurlijk is die van jou. Maar dat vertel ik ook aan iedereen!'

Ook dat nog!

'Je had het moeten vragen!' schreeuwde ik.

'Zo is hij anders nooit,' zei mijn vader tegen de vrouw.

Die schuifelde met haar rug langs de muur naar de deur en glipte de winkel uit.

'En nu ophouden!' riep mijn vader boos.

Ik stopte met trekken maar liet de foto niet los.

'Wat is er nou toch?' vroeg mijn vader, terwijl hij de draadjes losknipte.

'Sinds wanneer hangt hij er?' vroeg ik.

'Ik heb hem maandag afgedrukt, ik vond hem prachtig! Daarom heb ik hem meteen opgehangen. Dat doe ik toch wel vaker met foto's van jou?' Mijn vader praatte nu héél kalm, alsof ik een losgebroken gek was.

Vanaf maandag... zeg maar dinsdag, plus woensdag, donderdag, vrijdag... ik kreunde. Vier volle dagen had Bens portret duidelijk en voor iedereen zichtbaar in een drukke winkelstraat in de etalage gehangen. Ik had er net zo goed een bordje bij kunnen zetten:

Beste heren van de Kidnap: hier hangt uw slachtoffer. U begrijpt zeker wel dat u hem kunt vinden in het skate-hockeywereldje. Succes verder met de ontvoering! Hartelijke groeten van Jordan Blaak.

Mijn vader zette een tuttige trouwfoto op de lege plek in de etalage en sloot de winkel. Hij was natuurlijk boos omdat ik zo'n paniek had getrapt waar een klant bij was. Zwijgend liepen we naar huis. Ik hield de foto stijf tegen mijn buik gedrukt.

'Jordan, er is iets aan de hand. Beslis zelf maar wanneer je het wilt vertellen,' zei mijn vader toen we er bijna waren.

Grrr, dat geduldige toontje! Idris krijgt gewoon een pets voor zijn kop als zijn vader kwaad is. En dan zand erover.

10

De volgende ochtend was ik al om halfvijf wakker. Ik dacht meteen weer aan die rotfoto. Moest ik het nu vertellen of niet? En zo ja, aan wie? Aan Ben? Nee, die zou in paniek raken. Aan Idris dan? Maar die ging natuurlijk weer zo arrogant doen. Gloria? Nee, ik schaamde me te erg voor haar. Ik wilde niet dat ze mij een sukkel vond.

Er bleef maar één ding over: hopen en bidden dat er de afgelopen dagen geen foute personen door de winkelstraat hadden gelopen...

'Je hebt dat alarmapparaatje toch nog steeds bij je, hè?' vroeg ik tijdens de training aan Ben.

Hij klopte op zijn zak. 'Altijd!'

In de pauze liet tante Corrie zien wat ze Puck allemaal geleerd had: hij kon zitten, liggen en blijven op commando. Het was een slim hondje, dat was duidelijk. En tante Corrie is een goeie trainer!

Ik ging naast Ben zitten. 'Die kidnappers, hè?' vroeg ik zacht. 'Kennen die jouw gezicht? Ik bedoel: zijn ze nog steeds op zoek naar jou?'

Ben draaide zich naar me toe en legde zijn hand op mijn knie, net zoals Gloria altijd doet. 'Je hoeft niet bang te zijn, Jordan. Ze vinden me echt niet zomaar!'

Nee, behalve als we je foto in een etalage hangen, dacht ik.

Nog drie weken voor het toernooi. Eerst was ik zenuwachtig

vanwege Ben en nu vanwege de wedstrijd. Het trainen ging goed, maar we hadden eigenlijk meer tijd nodig, ook in verband met Ben. Dus vroegen we aan tante Corrie of we ook op zondag mochten trainen.

Het mocht.

'Komt u dan ook?' vroeg Kit.

'Mijn enige vrije dag? Ik dank je feestelijk!' zei tante Corrie, maar ze kwam toch.

Zeven dagen in de week trainen! Af en toe kwamen er ouders kijken. 'Dan zie ik mijn eigen zoon tenminste nog eens,' zei mijn moeder.

Ben had met Barry een signaaltje afgesproken. Als er iemand kwam, zeiden wij snel wie het was. Bijvoorbeeld: 'Gloria's vader.' En dan drukte Ben twee keer op zijn alarm, dan wist Barry dat het goed volk was.

Tante Corrie gokte erop dat Roel weer kon keepen tijdens het toernooi. Om in vorm te blijven, deed hij zijn keeperoefeningen zittend en ook hing hij heel wat uurtjes aan de rekstok. Hij kreeg echt bavianenspieren!

'Je gaat steeds meer op Barry lijken!' zei Gloria op een dag.

Tante Corrie was al weg en we stonden nog wat na te praten bij de Postzegel.

'Zit Barry nou echt dag in dag uit in die auto om jou te beschermen?' vroeg Idris.

Ben knikte trots. 'Daarom hou ik ook zo vreselijk veel van hem!'

Kijk, dat zou ik nou nooit zeggen! Ik zou zeggen: 'Daarom vind ik hem best wel aardig.' Of zoiets. We waren er trouwens allemaal stil van.

'Lief,' zei Gloria zacht.

Ik kreeg het ineens weer benauwd vanwege die foto. 'Hoe gaat hij dat op het toernooi doen?' vroeg ik. 'Er komen wel duizend mensen!'

'Hij is van plan om steeds dicht bij me te blijven, als een echte lijfwacht,' zei Ben. 'Juist omdat het zo druk is, valt het niet op.'

'Hoe moet het eigenlijk verder met jou?' riep Kit. 'Moet jij nou de rest van je leven bewaakt worden?' Ze reed kleine rondjes en maakte balletachtige bewegingen, zoals bij kunst-schaatsen.

(Kit kan niet stilstaan. Op school zit ze op een skippybal in plaats van op een stoel. Dat mag van de meester.)

'Dat heb ik jullie toch verteld?' vroeg Ben.

Roel knikte. 'Jullie verhuizen in oktober naar Amerika. Daar kent niemand je vader.'

Oooo ja. Ik was het vergeten. De anderen ook, zag ik aan de gezichten.

'En wij dan?' riep Gloria geschokt.

Ben haalde zijn schouders op en zuchtte diep.

'Konden we maar mee naar Amerika,' zei Gloria.

'Ja, lekker elke dag hamburgers eten!' riep Kit.

Ik vond het jammer dat Ben wegging, maar ik moet eerlijk

zeggen dat ik óók opgelucht was. Oktober... als er daarna iets met hem zou gebeuren, was het niet meer mijn schuld.

De laatste week.

Wat gebeurde er ook alweer allemaal?

O ja, om te beginnen mocht Roels gips eraf. Zijn enkel was goed genezen.

En verder: trainen, trainen en nog eens trainen.

Kit werd kwaad op Idris omdat hij steeds de baas speelde.

'Maar ik ben toch de aanvoerder!' zei hij arrogant.

'Nou en? Als je nog één keer de baas speelt, stap ik eruit,' antwoordde Kit. (Zij dreigde die week ongeveer zeventig keer dat ze eruit zou stappen.)

Idris werd kwaad op mij omdat ik tijdens het toernooi op de Devlons zou mogen.

'Ik ben zaterdag gewoon aan de beurt!' zei ik. 'Reken maar uit!'

'Jordan, je snapt het niet. Het toernooi telt niet als training. Het is echt het beste als ik op de Devlons ga. Kijk...' Blah blah blah, hij probeerde me suf te kletsen, maar ik stopte gewoon mijn oren dicht.

Gloria moest twee keer huilen. Beide keren begon ze met lachen, harder lachen, nog harder en toen: boehoehoe. Ik snapte er niks van.

'Zenuwen,' zei tante Corrie tegen mij.

Op donderdag kwam Barry de Postzegel opgelopen.

'Ik eh, kwam even kijken hoe het met de voet van de jongen is,' zei hij tegen tante Corrie.

Toen zag ik iets bijzonders: tante Corrie werd verlegen van Barry! Tante Corrie!! Die verblikt of verbloost nog niet als ze de president van Amerika moet zoenen! Maar eerlijk, ze wreef steeds door haar haar en ze werd een tikkeltje rood.

Gloria zag het ook. 'Poepig,' fluisterde ze tegen mij.

Toen vroeg Ben, heel hard en duidelijk: 'Chauffeur, komt u zaterdag ook naar het toernooi?'

En Barry antwoordde: 'Nou, dat lijkt me een reuzegoed idee.'

Het leek net een toneelstukje. (Van twee slechte toneelspelers.) Maar ik snapte wel waarom ze het hadden ingestudeerd. Anders zou tante Corrie zich natuurlijk afvragen wat Barry in de sporthal deed.

Op vrijdag, de allerlaatste dag, kwam het bestuur.

'We komen jullie onze laatste gelukwensen overbrengen,' zei meneer Admiraal.

We gingen bij elkaar zitten, lekker in de zon. Mevrouw Stam had als cadeautje een enorme pot magnesium voor ons gekocht. Als je daar je handen mee inwrijft, worden ze goed stroef. Echt iets voor mij! Als ik zenuwachtig ben, worden mijn handen koud en nat, net vissen. Daar glibbert mijn stick zo tussendoor.

Tante Corrie had een toespraak voorbereid. Ze ging staan en schraapte haar keel: 'Mensen, denk eraan, het is bij sporten net als in het gewone leven: je doet... nee, wacht even... het gaat er niet om of je... nee, eh...' Ze dacht na en schudde toen haar hoofd. 'Ach, laat toch zitten! We gaan gewoon winnen, Bones!'

'Mooi gesproken!' Leo begon te klappen en wij deden juichend mee.

11

Skates (natuurlijk), helm, handschoenen, elleboog-, schouder-, scheen- en buikbeschermers, vier boterhammen en een pakje appelsap... je begrijpt nu wel hoe groot mijn sporttas is. Alles zat erin, dat wist ik honderd, nee víérhonderd procent zeker. Alleen mijn fotocamera hield ik natuurlijk in mijn zak.

Ik zat met mijn broertje op de trap bij de deur te wachten, want Idris en zijn vader zouden me met de auto komen halen.

'Je stick!' riep Tom ineens.

'Tante Corrie neemt onze sticks mee,' zei ik.

'En als tante Corrie nou wordt overvallen?' vroeg Tom.

Ik moest lachen. 'Dan heeft die overvaller dikke pech, dat kan ik je wel vertellen!'

'Jordan, het is negen uur, ze komen pas om halftwaalf! Trek je jas nog even uit en ga wat doen!' riep mijn moeder.

Sommige uren duren langer dan andere, maar op de één of andere manier werd het toch halftwaalf. Idris en zijn vader waren precies op tijd.

'Ik heb gedroomd dat we wonnen!' riep Idris meteen. 'Ik maakte alle doelpunten en dat kwam omdat ik op de Devlons mocht.'

Zeurpiet!

Mijn ouders en Tom zwaaiden me (iets te overdreven) uit.

'Je hoort ons wel roepen vanaf de tribune!' riep mijn vader. En hij ging heel hard zingen van: *Rolling Bones gaan nooooit verloren!!*

Beetje pijnlijk, zo hard. Gelukkig moest Idris' vader erom lachen.

Er stonden zeker twintig grote bussen voor de sporthal. En ik wás al zo zenuwachtig.

We zagen de anderen al bij de ingang staan. 'Jordan, Idris, hierheen!' schreeuwde Kit.

Barry was er ook, hij keek zogenaamd nonchalant om zich heen, maar ik zag aan alles dat hij op scherp stond. Ik was helemaal gerustgesteld: Ben kon niet gekidnapt worden. Ja, als ze met zijn vijven kwamen en dan met mitrailleurs...

'Mensen, luister!' Tante Corrie had de papieren van de wedstrijd. 'Onze eerste wedstrijd is tegen de Beekse Boys. Wij hebben kleedkamer nummer elf, daar gaan we nu heen.'

Ben liep te glimmen als een jarige kleuter. 'Het maakt me niet uit of we winnen,' zei hij. 'Dit is toch al hartstikke gezellig?'

'Als we verliezen, wordt het héél ongezellig, hoor!' waarschuwde Kit.

'Oké, omkleden,' zei tante Corrie.

Barry bleef buiten voor de deur staan.

'Volgens mij is hij gewapend,' fluisterde Idris.

'Wat heb jij over vandaag tegen je ouders gezegd?' vroeg ik aan Ben, terwijl we onze skate-kleren aantrokken.

'Gewoon, dat we een dagje gaan rijden,' antwoordde Ben. 'Ze vertrouwen Barry volkomen. Alsjeblieft, hier zijn de Devlons!'

'Jordan, luister eens,' begon Idris.

'Nee,' zei ik en ik trok de Devlons aan.

En zo kwamen we de kleedkamer weer uit.

Het was vol, vól!! Het leek wel of heel Nederland op de tribunes zat. Ik keek gauw rond, maar ik kon mijn ouders zo snel niet vinden. We reden door de zaal naar de spelerstribune. De Devlons gleden heerlijk over het zeil.

Barry was nooit meer dan een halve meter van Ben vandaan. Hij deed het knap, je merkte het alleen als je erop lette.

Toen we allemaal zaten, kwam de man van de *Nederlandse Inline Hockey Bond*. Hij ging midden in de zaal staan, pakte een microfoon en heette ons allemaal welkom. Hij vertelde dat het nóg drukker was dan vorig jaar, het jaar waarin de Rolling Bones hadden gewonnen (gejuich op de tribunes) en nog veel meer, over sportiviteit en zo maar ik hoorde niks meer. Ik wilde spelen!

Wij begonnen dus tegen de Beekse Boys. Ik voelde me een echte topsporter toen ik naar ons veld reed. Vanaf de tribune klonken ratels en toeters en er werd gejuicht en gezongen. Ik meende meneer Admiraal erbovenuit te horen.

Coach Corrie gaf ons de allerlaatste aanwijzingen. (Sorry, ik ben ze vergeten.)

Toen ze klaar was, gingen we in een kringetje staan met onze armen om elkaar heen. Ik keek omlaag naar onze sokken, geen twee dezelfde naast elkaar. Onze skate-eed, we hadden het gered! Toen sloegen we met onze vuisten tegen ons T-shirt, precies op de plek van het skatertje, en riepen we: 'Bones op de borst, Bones in de borst!'

De Beekse Boys riepen iets als: 'Bibabeloeba, Beekse Boys!'

Idris schaatste naar de middenstip, want hij moest starten. 'Hebben jullie allemaal een spraakgebrek, met dat ge-biboeba?' vroeg hij aan de aanvoerder van de Beekse Boys.

'Ik zal jou eens een spraakgebrek bezorgen,' zei die terug.

'O ja? Wie breng je daarvoor mee?' vroeg Idris.

Prrrrt, startsein.

Idris ging ervandoor met de bal. Hij speelde terug naar mij, dat was verstandig, want de Beekse Boys hadden een dichte verdediging. Ik speelde naar Gloria. Die glipte als een paling tussen twee verdedigers door, passte naar Idris, die schoot... jammer, gestopt door hun goalie.

Beekse Boys aan bal, ze speelden breed over, Kit schoot als een flipperbal heen en weer. Pass naar voren, schot van een Beekse Boy... Eerlijk is eerlijk, het was een prachtschot, snoeihard en met effect. Roel was kansloos, doelpunt voor de vijand.

Er werd flink gejuicht, er zaten heel wat Beekse fans in de zaal.

Tante Corrie vroeg een wissel: Ben erin, Gloria eruit.

Barry ging meteen langs de zijlijn staan, armen over elkaar, blik op scherp.

Beekse Boys aan bal...

En toen werd het ineens pik- en pikdonker in de zaal, alsof ik plotseling stekeblind was. Het bleef één seconde griezelig stil. Toen hoorde ik Barry roepen: 'Ben, geluid maken!'

Meteen daarna begonnen alle honderden mensen tegelijk te praten en te roepen.

Maar ik hoorde Barry erbovenuit brullen: 'Roep mijn naam, roep mijn naam!'

Natuurlijk, de kidnappers! Ze wilden Ben in het donker grijpen!

149

'Barry, Barry!' hoorde ik.

'Ja, ik hoor hem!' riep ik.

Een Beekse Boy lachte. 'Wat een paniekvogeltjes zijn die Rolling Bones!'

Toen floepten de lampen weer aan. Het geheel had hooguit vijftien seconden geduurd.

'Stroomstoring,' zei iemand.

Ik knipperde twee keer met mijn ogen en zag Barry, hij stond tegen Ben aan en had zijn armen beschermend om hem heen geslagen. Gelukkig, gelukkig!

Er werd gelachen, iedereen was opgewonden. De Beekse Boys zeiden dat ze hadden gescoord in de tussentijd. Ik keek om, zag dat ons doel leeg was, echt leeg, en in één verlammende flits begreep ik het: ze hadden Roel gekidnapt! Door die foto in de etalage dachten ze dat Ben de goalie was...

'Gloria,' schreeuwde ik. 'Het is helemaal fout!'

Gloria schudde verbaasd haar hoofd en wees op Ben.

Idris kwam boos naar me toe. 'Die Bibaboys beweren dat ze...'

'Idris, meekomen, snel!' Zonder te weten of hij achter me aankwam, reed ik weg.

De sporthal heeft een draaideur bij de uitgang. Die bewoog nog een beetje. Voor de deur op de grond lag de stick van Roel. Ik wist genoeg, ik stortte me op die deur en stond bijna meteen buiten.

Precies op tijd. Er werd een auto gestart, helemaal achter op de parkeerplaats. Ik keek snel om, geen Idris te zien. Toen reed ik achter de geparkeerde auto's langs naar de weg. Dankzij tante Corries militaire trainingen kon ik met gemak gebukt skaten.

Het was een klein, helblauw autootje. Een Fiat Panda, echt zo'n oma-wagentje. Hij reed de parkeerplaats af. Niet met gierende banden en een loeiende motor, maar heel kalm. Bij de weg stond hij stil. Er stond één auto tussen ons in geparkeerd, maar ik durfde niet omhoog te komen om te kijken. Ze konden toch gewapend zijn?

De Panda sloeg linksaf, richting woonwijk. Ik keek nog één keer naar de deur van de sporthal. Ik dacht dat ik Idris zag, net voor de draaideur, maar ik wist het niet zeker. Geen tijd om te wachten, ik gooide mijn stick vlak na de bocht op de grond, als aanwijzing voor Idris en reed weg, de bejaardenauto achterna.

Achteraf verbaast het me dat ik niet twijfelde: in die auto zat een kidnapper en die had Roel. Punt uit. Ook dacht ik niet na of ik het wel moest doen. En het allerraarste: ik was helemaal niet bang.

Nog niet, tenminste.

12

Het was al direct een verloren zaak. De weg was lang en recht, binnen een minuut reed de Panda minstens tachtig. Hoe hard kun je skaten? Dertig kilometer per uur? Op de Devlons misschien veertig.

In gedachten hoorde ik de aanwijzingen van tante Corrie: 'Zoek de kracht ook in je armen, in je rug en in je heupen. Niet alleen in je benen.' Ik gaf alles, alles wat ik had aan kracht. En toch werd de Panda steeds kleiner... en weg was hij.

Afgeslagen, dat kon niet anders. Ik gaf een schreeuw bij elke slag die ik maakte, de wind loeide langs mijn oren, ik denk dat ik harder ging dan een brommer, echt waar.

Ja, daar was een zijweg, ik had nog een piepklein kansje. Ik sloeg af en gooide voor Idris een handschoen op de grond, net na de bocht.

Ik had mazzel. Dikke, vette mazzel. Er was namelijk iemand overleden. Ja, sorry, dat klinkt heel raar, maar er was daarom een begrafenisstoet. Een lange, met veel zwarte volgauto's. En daar mag je niet tussendoor schieten, daar moet je op wachten. De Panda stond helemaal vooraan.

Hij is een beetje scheef, maar het ging me om het nummerbord.

Het waren grote zwarte auto's, een stuk of vijf, en daarachter een aantal gewone auto's, ook geen kleintjes trouwens. Ik stond achter een busje van de TPG, te hijgen als een hond. 'Idris, kom op!' fluisterde ik.

Ik durfde niet nog eens om het busje heen te gluren. Die lui

keken natuurlijk steeds om zich heen. Of was hij in zijn eentje? Maar hoe had hij Roel dan meegekregen?

Nog een stuk of vier auto's. Idris, schiet op!! Ik hield mijn
ogen op de bocht achter me gericht. Waar bleef die slak toch?

Er werden auto's gestart.

Als het busje nou links afsloeg en de Panda niet? Dan stond
ik ineens open en bloot, konden ze me zo voor mijn raap
schieten.

IDRIS, KOM!!!

Was ik maar een held, dan klom ik op het dak van het busje,
gokkend dat ze allebei dezelfde weg zouden nemen. Maar
helaas, ik was gewoon Jordan Blaak, het bange skatertje.

De auto's kwamen in beweging, het busje stak zijn linker
knipperlicht uit.

'Lieve God, laat alstublieft de Panda ook links afslaan, dan
zal ik een jaar lang elke dag mijn kamer opruimen,' mompelde ik.

De Panda ging linksaf.

'Bedankt,' zei ik. Ik gooide mijn andere handschoen op de

weg, als teken voor Idris en bleef dicht achter het busje. Vast-pakken durfde ik niet. Langzaam maar zeker raakte ik achter. Ze moesten nu snel een zijstraat in, anders was ik ze kwijt.

Het busje minderde vaart, maar gaf geen richting aan. Dat kon alleen maar betekenen dat... Ja, de Panda sloeg af! Ik had nog een kans.

Ik maakte lange slagen, pompte al mijn kracht in mijn benen, bij elke slag zei ik: 'Roel!' Ik ging harder dan ooit, lang leve de Devlons!

Bij de zijweg sjorde ik een elleboogbeschermer af en gooide hem op de grond. 'Idris, kijk uit je doppen,' hijgde ik.

Ik zag nog net hoe de Panda weer links afsloeg, ze zetten steeds keurig hun richtingaanwijzer aan. Niet echt wat je noemt criminelen op de vlucht.

Ik schoot erachteraan. En toen, in de bocht, gleed ik onder-uit. Niet een beetje, maar echt, languit.

Mijn fototoestel! Ik voelde het tegen, nee, ín mijn heup zit-ten. Geen tijd om te kijken, geen tijd om te janken. Zonder de Panda uit het oog te verliezen, stond ik snel weer op. Ik gooide mijn andere elleboogbeschermer op de grond, net na de hoek, als wegwijzer voor Idris. Het leek wel een skaters-striptease. Terwijl ik verder schaatste, voelde ik dat mijn zij in de fik stond. Geschaafd dus. Ik maakte me vooral zorgen om mijn camera.

Eerste rechts. Wat kon ik nu nog uittrekken? Mijn helm dan maar. Sorry tante Corrie! (Skaten zonder helm vindt zij een misdaad.)

En ineens stonden ze stil, voor een groot flatgebouw. Ik remde zo hard dat de vonken van mijn remblokje spatten. Denk ik, want ik keek niet omlaag. Ik keek naar voren, naar die Panda, waar een man uitstapte.

Hij opende een van de garagedeuren en de Panda reed naar binnen. Er waren dus twee kidnappers. Boem, deur dicht. Weg Panda, weg Roel.

Het eerste wat ik deed was mijn fototoestel pakken. Gelukkig, hij léék nog heel te zijn.

Toen ging ik tellen, vanaf die garagedeur naar rechts, om straks aan de politie te kunnen vertellen welke het was. Maar mijn ogen traanden en mijn hoofd maakte schokjes omdat mijn hart zo dreunde. (Echt hoor!) Ik raakte de tel kwijt, het was de elfde, óf de twaalfde, óf de dertiende deur.

Dank je wel, Jordan Blaak, superdetective.

Ik stond midden op een groot, open plein. Er was niets waarachter ik me kon verstoppen, behalve een standbeeld van een soldaat. Daar reed ik vlug naartoe.

Gelukkig stond hij op een hoog blok, daardoor gaf hij wat extra dekking.

Ik keek om: geen Idris. Waarschijnlijk had hij gedacht: Meekomen? We zitten midden in een toernooi, idioot!

Er bleef maar één ding over: ik moest het spoor van mijn

eigen spullen terugvolgen en dan naar de politie rijden. Maar als die lui nou over vijf minuten weer vertrokken? Wie weet kwamen ze hier alleen iets ophalen, kogels of zo. Dan had ik niets, helemaal niets! Ja, het nummerbord.

Had ik maar een mobiel. Ik keek omhoog. Twintig balkondeuren breed, acht hoog, dat waren dus... honderdzestig woningen. Ik probeerde alle ramen tegelijk in de gaten te houden. Misschien ging er ergens een gordijn open, of juist dicht.

Mijn wond deed zeer.

Waarschijnlijk stopten ze hem in een kamertje, deur op slot. Als ze maar niet gemeen tegen hem deden. Ze gingen natuurlijk meteen bellen, naar de ouders van Ben. En dan? Belden die ouders natuurlijk onmiddellijk naar Barry.

'Nee hoor,' zou Barry zeggen. 'Ben zit veilig naast me. We zijn gewoon een stukje aan het toeren.'

Bellen die kidnappers weer. 'Leg een koffer met driehonderdduizend euro op de brug, anders zien jullie je zoon nooit meer terug. Tenminste: niet levend. Ha ha ha!'

Zeggen die ouders: 'Ga maar iemand anders lastig vallen met je geintjes. Onze zoon zit gewoon naast zijn bodyguard!' Verbinding verbroken.

En dan??

Ik durfde niet verder te denken. De Rolling Bones hebben geen rijke ouders. De kidnappers hadden dus niets aan Roel. Hij was alleen maar heel erg lastig. Want hij wist te veel, hij had te veel gezien...

Ineens werd er geschreeuwd, achter me. Het echode over het grote plein en het klonk in mijn oren als de mooiste muziek die ik ooit in mijn hele leven gehoord had:

'Vuile slappeling! Je wordt geschorst, jongetje! Jij ligt eruit! En Roel ook! Wie smeert 'm nou midden in een toernooi? Alleen omdat we achter stonden zeker! Ik wil niks meer met jullie te maken hebben! Nooit, never! Ik háát je, Jordan Blaak!'

Ik moest me beheersen, anders had ik hem omhelsd. 'Hoi, Idris!' zei ik.

13

'Shit man! Dikke, dikke shit, man!' zei Idris, toen ik het hele verhaal verteld had. 'Waarom hing je die foto dan in de etalage, sukkel!'

'Niet ik, mijn vader! Dat vertel ik toch net?' riep ik boos. 'En trouwens, waar bleef je zo lang?'

'Wees blij dat ik achter je aankwam!' schreeuwde hij, nóg bozer. 'Terwijl ik dacht dat je...'

'JA, HALLO, IK VERSTA JE WEL, HOOR!!'

Ik schrok van mijn eigen gebrul. Het weerkaatste zo raar op dat plein.

Idris keek met grote, bange ogen naar de flat. 'We moeten iets doen,' zei hij zacht.

Ik wachtte, maar er kwam niets meer, geen fantastisch plannetje of zo.

Hij wees naar mijn T-shirt, er zat bloed op. 'Pijn?'

'Gaat wel,' zei ik.

We waren allebei stil. Ik was ineens bang geworden, doodsbang. 'Jij moet naar de politie rijden, Idris,' zei ik met een piepstem.

'Maar wat doe jij dan als ze weer vertrekken?' vroeg hij.

'Erachteraan,' zei ik.

Hij lachte kort. 'Je hebt niets meer om uit te trekken bij de bochten.'

Ik keek om me heen. Waarom kwam er nu niet héél toevallig een politiewagen voorbij? Of een gewone auto? Maar er reed niemand, er fietste niemand, er liep zelfs niemand.

'Wat zit er aan de voorkant van de flat?' vroeg Idris.

Ik haalde mijn schouders op. 'De voordeuren, denk ik. Hé! We bellen bij iemand aan en dan bellen we de politie!'

Idris dacht na. 'Maar hoe weten we dat we niet nét bij de kidnappers aanbellen?'

O ja.

'Ik ga even kijken.' Weg was hij.

Ik bleef naar de ramen staren, van links naar rechts, dan een rij zakken, van rechts naar links, rij zakken... Ik had een idee. Nog niet in mijn hoofd, maar ik voelde dat het eraan zat te komen.

'Er is daar een kanaal of zo!' Idris kwam aan de andere kant weer te voorschijn. 'En volgens mij zijn alle woonkamers aan de voorkant, en de slaapkamers aan deze kant.'

Het idee kreeg steeds meer vorm. 'Zou Roel naar buiten kunnen kijken?' vroeg ik langzaam.

Idris volgde mijn blik. 'Ik heb een idee!' riep hij. 'We schrijven een boodschap op de tegels, zodat hij weet dat we er zijn! Bijvoorbeeld: ROEL, HOU VOL, DE REDDING IS NABIJ!!'

Inderdaad, dat was ook mijn idee.

'Maar het moet iets zijn wat alleen Roel begrijpt,' zei ik.

Slim, hè? Het is het shirt van Idris, want op het mijne zat bloed. Hij had het heel snel gedaan. Skates uit, beschermers af, shirt uit, roetsj, roetsj, op dat blok klimmen, één arm erin en toen over het hoofd. Andere arm ging niet. 'Die sukkel werkt niet mee!' steunde Idris.

'Laat verder maar zitten!' riep ik.

Klaar. Ik dook gauw weer terug naar ons veilige plekje achter het standbeeld.

'En nu maar hopen op een teken. Jij kijkt links en ik rechts,' zei Idris.

Ik zigzagde langs de ramen. Eerst met mijn ogen, maar daar werd ik scheel van, toen met mijn hoofd, tot ik nekkramp kreeg.

'Zeg Jordan,' zei Idris, zonder zijn blik van de flat af te wenden. 'Hoe zeker weet jij eigenlijk dat Roel in die auto zat? Heb je hem wel gezien?'

Ik voelde het bloed uit mijn hoofd trekken. 'Dat niet, nee. Maar het kán haast niet anders. Misschien zat hij in de achterbak gepropt.'

Uit mijn ooghoek zag ik dat Idris niet meer naar de flat keek, maar naar mij. 'Met dat hele goalie-pak erbij?' vroeg hij, zogenaamd vriendelijk.

Hij irriteerde me vreselijk. 'Ja, weet ik veel!' riep ik, terwijl ik zijn kant van de flat ook meenam in mijn zigzag-rondje.

'Dus het zou kunnen zijn dat er helemaal niets aan de hand is?' vroeg hij verder.

Ik keek hem aan. Hij leek rustig, maar zijn borstkas ging snel op en neer en zijn neusvleugels stonden wijdopen, heel raar.

'Als je het niet gelooft, meneer de aanvoerder, dan ga je toch terug? Schors me maar, kan me niks schelen.' Ik wilde ook kalm blijven, maar mijn stem sloeg over.

Als twee opgefokte straatvechters stonden we tegenover elkaar.

Plop!

Er was iets op de grond gevallen.

In die drie seconden dat ik niet had opgelet, had iemand iets omlaag gegooid. En die iemand was Roel, dat stond vast.

Wie anders had er nou een goalie-handschoen?

Het moet een gek gezicht geweest zijn. We keken secondelang met open mond naar de handschoen, en daarna gingen onze hoofden langzaam omhoog, alsof we een stijgende lift volgden.

'Roel,' fluisterde ik.

'Hij zit er!' riep Idris. 'We hebben hem, zeker weten!'

Nee, dacht ik. Zíj hebben hem, dát is zeker weten.

Idris maakte zijn vinger nat, hield hem in de lucht en keek alsof hij luisterde. 'Windstil,' zei hij. 'Hij zit er dus pal boven.'

Ik bekeek alle ramen in een rechte lijn boven de handschoen.

'Hoe hard was het?' vroeg Idris.

'Hè?'

'Ik bedoel, vanaf hoe hoog heeft hij gegooid?'

Ja, als ik dát wist... Acht verdiepingen, ongeveer de helft van de ramen had dichte gordijnen, maar het glas spiegelde zo, dat je door die andere ramen ook niet naar binnen kon kijken. Misschien stond hij nu wel wanhopig te zwaaien. *Hier ben ik! Kijk dan, kijk dan! HELP ME!!*

'We moeten omhoogklimmen, dan kunnen we naar binnen kijken,' zei Idris. 'Als jij klimt, hou ik de wacht. Kijk, die regenpijp loopt precies goed.'

Eerst dacht ik dat hij een grapje maakte, maar toen zag ik dat hij het nog meende ook.

'Ja zeg, klim jij even lekker zelf!' zei ik. Mijn handen werden al kleddernat als ik er alleen maar aan dácht.

'Ik ben al op dat standbeeld geklommen,' zei hij.

'Nou en?' Ik bleef naar de flat staren. Waar zat hij, wáár?? Wat moesten we doen??

Ben had het al gezegd: het is geen spelletje. Waar waren we in 's hemelsnaam mee bezig?

'Idris, we moeten naar de politie,' zei ik bang. 'Jouw oom werkt er en jij kunt het hardste skaten, dus...'

Hij keek naar de grond, o nee, naar mijn voeten.

'Nou, oké dan.' Ik ging zitten en trok de Devlons uit.

'Zo nat!' riep Idris, toen hij ze aantrok.

Overdreven.

We sloegen op elkaars handen. 'Succes!' zei ik met een piepstemmetje.

'Jij ook.' Hij klonk ook niet meer zo stevig. Toen draaide hij zich om en reed weg, op de Devlons en zonder shirt.

14

Toen Idris weg was, heb ik eerst die handschoen opgeraapt. (Op mijn sokken.) Ik onderzocht hem goed, misschien vond ik een briefje, of had hij er een huisnummer ingekrast. Maar nee. En trouwens, wat had ik dan moeten doen? Aanbellen zeker:

'Dag meneer, wilt u onmiddellijk onze goalie vrijlaten!'

Ik klom op de soldaat en trok het T-shirt uit. Roel had de boodschap begrepen. Toen ging ik maar weer zitten, terwijl ik onafgebroken naar de ramenrij bleef turen.

Nadenken!

Roel kon dus een raam openen, of in ieder geval iets naar buiten gooien. Er waren acht verdiepingen, acht mogelijkheden. Waarom spiegelden die stomme ramen nou zo! Ik zag echt helemaal niks!

'Roel, gooi nog eens wat!' fluisterde ik.

En toen...

Jemig, ik word al slap als ik er weer aan denk!

Op de zevende verdieping, bijna bovenaan dus, ging het raam open. Daar verscheen Roel. Zonder helm, maar met schouderstukken. Hij zwaaide naar mij en keek toen naar links en naar rechts.

'Ja!' schreeuwde ik.

Ik bedoelde: gauw, dicht maar weer! Ik heb je gezien, ik weet nu waar je zit, de politie kan elk moment hier zijn!

Maar Roel... pfff, even mijn handen afdrogen.

Roel stapte op de vensterbank. (Zeven hoog dus.)

Hij strekte zijn arm uit naar de regenpijp... te ver weg.

Ik kón niet meer. In de achtbaan zitten met honderd keer de normale snelheid? Liever dan dit zien, eerlijk waar!

Hij zette een stapje naar rechts, steun zoekend aan het randje van het raam. Toen strekte hij zijn hand weer uit en raakte nu de regenpijp aan. Nog een stapje naar rechts...

Ik vouwde mijn drijfnatte handen. 'Laat hem niet vallen, laat hem alstublieft niet vallen!'

Ja, hij had de regenpijp vast. Hij schuifelde tot aan het randje van de vensterbank en bleef daar staan.

Je kunt niet zeven verdiepingen langs een regenpijp naar beneden klimmen. Dat kan niet. Dan val je te pletter namelijk.

Ik zag nu pas dat hij op zijn sokken stond. Op zijn twee verschillende sokken. Ik moest bijna janken toen ik dat zag.

Misschien was hij niet eens van plan om naar beneden te klimmen. Hij bleef in ieder geval doodstil staan. Dankzij tante Corries rekstok had hij armen als van een baviaan. Hoe lang kon een baviaan dit volhouden?

Om over mijn hart maar te zwijgen.

'Ze zijn onderweg, hoor!' riep ik.

Hij tilde heel langzaam één been op en trok zijn sok uit. Daarna deed hij hetzelfde met de andere. Die sokken waren natuurlijk te glad. Toen stak hij zijn been naar rechts...

'Nee, Roel!' piepte ik.

Hij ging héél langzaam met zijn gewicht naar de pijp, schoof door en tastte toen met zijn voet naar rechts, totdat hij de vensterbank van de buren voelde.

Nog steeds ging alles in slowmotion. Hij bewoog zijn lichaam naar rechts, en zette zijn voet neer... Ik dwong mezelf om te blijven kijken... Hoe stevig zitten die regenpijpen eigenlijk vast? Toen schoof hij zijn andere voet erbij. (Even voor de duidelijkheid: dit speelde zich dus allemaal af op de zevende verdieping.)

Andere voet ook op de vensterbank. Nu stond hij weer precies zoals net. Alleen dus in spiegelbeeld, bij de buren.

Slim, heel slim. En tegelijk zo dom dat ik er geen woorden voor heb. Wat een gek!

Ik had geen tijd om van de schrik te bekomen, want er verscheen iemand voor het raam. Ja, het raam van de kidnappers.

Hij boog naar voren en keek naar beneden. Hij riep iets naar binnen en keek toen weer het plein over.

Niet naar rechts kijken, niet doen!!

In paniek deed ik iets slims. (Al zeg ik het zelf.)

Ik sprong te voorschijn en schreeuwde: 'Hé meneer, zoekt u die jongen?'

Hij knikte.

Ik wees achter me, naar de weg. 'Hij is daarheen gelopen!'

Helaas kon ik zijn gezicht niet zien, daarvoor was de afstand te groot. Maar het raam werd met een klap gesloten, dus ik denk dat hij me geloofde. Ik ging onder de soldaat zitten, maar nu aan de voorkant. Als die man weer uit het raam keek, moest hij denken dat ik gewoon een jongen was die daar ergens woonde. Die zich een beetje zat te vervelen. En dus niet een jongen die met gierende zenuwen op de politie zat te wachten, terwijl zijn vriend in levensgevaar was.

Ik moet hier weg, dacht ik ineens. Straks komen ze naar me toe en dan kijken ze naar boven.

Hoe moest ik dat aan Roel laten weten? Zonder dat de kidnapper het begreep? O ja. Ik maakte een toeter van mijn handen en brulde: 'Mam, ik kom zo weer terug. Samen met Idris zijn oom!'

Roel maakte langzaam een arm los, stak zijn duim op en greep zich meteen weer vast.

'Hou vol, Roel. Hou alsjeblieft vol,' fluisterde ik.

Ik pakte de skates van Idris en liep naar de zijkant van de flat. Mijn benen waren zo slap als pudding. Er waren bosjes daar, vieze bosjes die naar pies en poep stonken. Toch ging ik er middenin zitten.

Ik kon niets meer doen, alleen maar wachten, hopen en smeken.

'Je kunt iemand kracht zenden,' zegt mijn moeder wel eens.

Wat een onzin, denk ik dan altijd.

Maar nu niet! Ik kneep mijn ogen dicht en dacht aan Roels armen.

'Sterk,' fluisterde ik. 'Kabels! Spieren! Baviaan! IJzerdraad! Kracht!'

Toen reed er een auto langs, hij kwam uit de richting van de flat. Ik herkende hem meteen: het was een helblauwe Fiat Panda. Met twee mensen erin, ik meende een man en een vrouw te zien.

Die gingen Roel natuurlijk zoeken! Zodra ze voorbij waren, rende ik terug. Roel stond nog in precies dezelfde houding.

'Roel, ze zijn weg!' schreeuwde ik. (Ik ging ervan uit dat het maar twee kidnappers waren.)

'Jordan!' riep Roel. 'Ik hou het niet meer!'

Wát? Ik dacht dat ik flauwviel van schrik. 'Jawel, Roel, alsjeblieft!' Het was meer jammeren dan schreeuwen wat ik deed. Ik keek om me heen. 'HELP!' Er moest toch wel íémand thuis zijn?

'Roel, je hebt getrainde armen,' schreeuwde ik. 'Je houdt het vol!'

Alsjeblieft, Idris, schiet op, alsjeblieieieieft!!

'HELP, HELP!!' schreeuwde ik maar weer. Iemand moest de brandweer bellen.

Ineens zag ik iets. 'Roel, op de vijfde verdieping staat een raam open!!'

Onder zijn arm door keek hij naar beneden.

Was het wel slim? Hij was uitgeput, kon hij klimmen?

Nee! Ik moest natuurlijk naar binnen! Raam inpingelen, voordeur openmaken, huis binnenstormen... Zevende verdieping, op de hoek. Lekker snel bedacht, Jordan Blaak.

'Roel, ik kom naar boven!!' Ik had bijna geen stem meer.

Toen hoorde ik een auto. Ze kwamen terug. Wegwezen, maar dan? Ik kon Roel toch niet...

'Jordan!'

Het was Idris! In een politiewagen met twee agenten, een man en een vrouw.

'Help alstublieft! Hij houdt het niet meer! Hij gaat vallen!' Ik huilde maar dat kon me niks schelen.

De agenten keken, minder dan een seconde, grepen een tas uit de auto en renden naar de voorkant van de flat.

Idris stond naast de soldaat, hij was zo bleek als een... als... ach, wat kan mij het ook schelen.

'Roel, nog een paar seconden!!' schreeuwde ik. In gedachten volgde ik de agenten: voordeur open (hoe?), zeven trappen op, galerij over rennen...

Roel legde zijn hoofd tegen zijn arm.

Toen begon ik te zingen. (Je zou zeggen, werd je gek of zo? Ja, ik geloof van wel, zou ik antwoorden.)

'Rolling Bones gaan nóóóóit verloren, knoop het in je oren, van achteren en van voren. Rolling Bones gaan...'

Het was geen gehoor, een schorre bibberstem, en Idris ging nog meejammeren ook. We stonden naast het beeld, volgens mij in dezelfde houding als de soldaat, en we bleven zingen, steeds weer dat ene zinnetje, opnieuw en opnieuw, ik denk zo'n driemiljard keer...

Toen ging het raam open.

15

De agente klom naar buiten met een touw onder haar arm. Heel soepel liep ze naar Roel toe. Over die smalle vensterbank en dus zeven hoog, maar het zag er heel gemakkelijk uit. Ze leek wel een kat. Misschien droeg ze speciale vensterbank-schoenen. Met haar ene hand zocht ze steun bij de regenpijp en met haar andere maakte ze het touw aan Roel vast. Tussen zijn benen door en dan om zijn middel en onder zijn schou-ders. De rest van het touw wierp ze naar haar collega, die binnen voor het raam stond.

'Pffffft,' deed Idris.

Ik zakte neer naast de soldaat.

Eíndelijk!

Als Roel nu viel, zou hij blijven bungelen aan het touw.

De agente maakte Roels handen los, waarschijnlijk had hij kramp, en leidde hem heel langzaam, voetje voor voetje, terug langs de regenpijp, over de vensterbank, naar binnen.

Meiden gaan altijd meteen aan elkaar hangen en klitten en zelfs zoenen. Wij niet. Toen Roel naar buiten kwam, gaf ik hem een stomp op zijn schouder. En hij gaf mij een stomp, en Idris hem en hij Idris en toen Idris en ik elkaar ook nog maar even. En toen ik Roel weer en... nou ja, het duurde wel heel lang, dat stompen. Ik kon er gewoon niet mee ophouden, zo blij was ik.

Toen keek Roel naar boven.

Ik wees. 'Daar stond je, op de zevende.'

'Goh,' zei hij. 'Best hoog.'

Roel is zo'n kouwe kikker!

'Hadden ze je verdoofd of zo?' vroeg Idris.

Roel knikte. 'Ze drukten een doek met spul tegen mijn neus.'

'Toen het licht uitging, tijdens de wedstrijd?' vroeg ik.

Ja, hij knikte.

'Deden ze verder nog gemeen?' vroeg Idris.

Roel schudde zijn hoofd.

'Heb je verteld dat ze de verkeerde jongen hadden?' vroeg ik.

'Neuh,' zei hij.

Ik kreeg ineens de slappe lach van hem, met zijn 'neuh'.

De mannelijke agent stond in zijn mobilofoon te praten: 'Ik weet niet wat ik ervan moet denken. Zet hier toch voor de zekerheid maar een paar mannetjes neer. Over.'

'Voor de zekerheid?' riep Idris woest. 'Dacht u soms dat Roel voor de grap een uur op een vensterbank op de zevende verdieping in zijn... op zijn...'

'Kom maar.' De agente duwde ons zachtjes naar de auto. (Ik stond nog steeds zo dom te lachen.) 'We moeten hier gauw weg. Misschien komen ze terug. Dan worden ze netjes opgewacht door onze collega's.'

Scheuren, die agent! Zo hard had ik nog nooit gereden. De sirene mocht niet aan, maar dat maakte niet uit, want Idris deed er eentje precies na.

Roel en ik moesten achterin, samen met de agente.

Ik zag dat ze haar mobieltje pakte. 'O, wilt u naar de sporthal bellen, zodat we tante Corrie kunnen waarschuwen?' vroeg ik snel.

Ze drukte drie cijfers in en had meteen contact. Lekker vlot, dacht ik nog, maar het was niet de sporthal. 'AJ 39,' zei ze. 'We komen nu naar het bureau. Ja... ja, het verhaal van de jongen wordt bevestigd.'

O ja, Idris had natuurlijk alles al verteld.

'Waarom is je oom er eigenlijk niet?' vroeg ik aan Idris.

'Die zit lekker in de sporthal naar de wedstrijden te kijken,' antwoordde hij.

'Als we op het bureau zijn, bellen we je tante,' zei de agente tegen mij.

'Het is niet míjn tante,' begon ik.

Maar de agente had alleen aandacht voor Roel. 'Hij zegt niet veel,' zei ze in haar mobiel. 'Waarschijnlijk heeft hij een shock.'

Idris en ik schoten in de lach. 'Die heeft hij dan al zijn hele leven!' riep Idris.

En coole Roel bleef gewoon naar buiten kijken, alsof hij een toerist was in een rondvaartboot.

Volgens mij geloofden de agenten ons pas echt toen we op het politiebureau kwamen. Daar werden we al bij de deur opge-wacht door een vrouw. 'Kom maar gauw mee,' zei ze gespan-nen. 'De rechercheurs zitten al klaar!' Ze keek naar de agente en knikte heel ernstig. Volgens mij betekende dat knikje: het is serieus! Behandel deze drie helden met groot respect!

Het politiebureau leek op een school, allemaal gangen met lokalen, heel anders dan op de televisie.

De vrouw opende een deur. 'Jij gaat hierin,' zei ze tegen mij. 'Ik wil dat er even naar je wond wordt gekeken.'

'Maar ik wil bij Roel en Idris blijven!' riep ik. (Wat een baby, maar ja, ik was zenuwachtig, moet je maar denken.)

'Heel even maar, jullie zijn zo weer samen.' Deur dicht.

Even denken, wat gebeurde er toen allemaal...

Er kwam een dokter-agent (of een agent-dokter). Hij zei: 'Zo, jongeman!' spoot een kwak prikjodium op mijn wond en vertrok weer.

Toen kwam rechercheur Dekker. (Stond op zijn naamkaartje.) Aan hem heb ik het hele verhaal verteld. Alles, op één ding na natuurlijk. Die skate-eed bleef staan! Ik noemde Ben 'de zoon van iemand die nogal rijk is'.

'Hein Botani,' zei de rechercheur toen meteen.

'Hoe weet u dat!' riep ik. Wie had de eed gebroken?

'Meneer Botani heeft ons zelf gebeld,' vertelde de rechercheur. 'Hij had een vreemd telefoontje gehad: kidnappers eisten losgeld voor zijn zoon. Maar zijn zoon was helemaal niet gegijzeld, die zat naast zijn bodyguard in de auto. Dáchten wij toen nog. Maar enfin, vertel eerst maar eens verder.'

Toen ik uitgepraat was, bleef hij me heel lang aankijken. Ik werd er zenuwachtig van.

'Ik wist toch niet dat mijn vader die foto zou ophangen!' riep ik.

Hij stond op en legde een hand op mijn schouder. 'Als jij van de middelbare school komt,' zei hij. 'En áls ik hier dan nog werk. En áls jij hier toevallig wilt solliciteren...'

'Ja, dan?' vroeg ik verlegen.

Hij tikte op zijn naamkaartje. 'Dan moet je naar mij vragen. Word je meteen, zónder gesprek, aangenomen.' Toen kneep hij in mijn schouder. 'Goed werk, knul!'

Pfjoei...

Hij opende de deur. 'Komt u maar,' zei hij.

Drie keer raden...

Ach, laat maar, je raadt het toch niet: mijn vader en moeder en Tom waren er!

Ik zal de begroeting even overslaan. (Bij een videofilm spoel ik dit soort omhelzingen ook altijd door.)

Dus, ik het hele verhaal nog eens vertellen. (Toen ik was aangeland bij Roel op de vensterbank, hield mijn moeder haar vingers in haar oren en haar ogen dicht.)

Mijn vader keek me aan, ik word nu nóg warm vanbinnen als ik aan zijn blik denk!

Daarna mochten we meekomen naar een soort kantine. Daar zaten Idris en zijn vader, en Roel met zijn ouders. Die moeder had gehuild, dat zag ik duidelijk. Mijn moeder liep meteen naar haar toe (terwijl ze elkaar niet kenden!) en... nou ja, doorspoelen!!!

Bonk, bonk... deur open: Gloria!
'Roelie!' gilde ze.
En Kit. 'Jordan, je had ons ook moeten roepen, gek!'
En toen tante Corrie. Ze bleef in de deuropening staan met haar armen over elkaar. Ze schudde heel lang haar hoofd en zei toen: 'Jochies toch.'

Vijf minuutjes later, klop, klop: ons bestuur!
Ze waren ongerust geweest, daarom had meneer Admiraal de politie gebeld. En die zeiden: 'Komt u maar naar het bureau.'
Leo had Puck aan de riem. 'Hier is de hasjhond!' riep hij.
Gloria begon meteen het verhaal van Roel op de vensterbank te vertellen, net alsof ze het zelf had beleefd! Daarna ging Idris erdoorheen schreeuwen, over de agenten die hem eerst niet wilden geloven. Toen deed mijn broertje mijn achtervolgingsverhaal na en Kit zat nog wat over de Beekse Boys te roepen. En ondertussen had Puck ook heel wat te vertellen, luid keffend rende hij in het rond.
Kortom, iedereen tetterde door elkaar heen. Bijna iedereen...
Ik keek naar Roel, grijnzende Roel. Hij knipoogde naar me, en ik knipoogde terug. (Met twee ogen, ik kan het niet met één.)
We hebben het mooi gered! dacht ik. Knoop dat maar in je oren, van achter en van voren!

16

Toen kwam de oom van Idris binnen. Nét Idris' vader, ze leken wel een tweeling!

'Ik heb goed nieuws!' riep hij.

Ben is er, dacht ik.

Maar nee. 'De zaak is rond. We hebben het echtpaar in de kraag kunnen grijpen!' Hij keek naar Idris. 'Een gouden vangst, jongen!'

Tsss. En Idris is niet zo'n type dat zegt: 'Alle eer aan Jordan en Roel.' Nee hoor, hij knikte bescheiden, zo van: je doet wat je kunt, als held zijnde.

'Hé, en zij dan?' riep Gloria meteen.

'Daar komen we zo op,' zei de oom van Idris. 'Eerst wat drinken.'

'Juistem!' riep Leo.

Het werd echt een soort feestje. En dat op het politiebureau! Er kwam zelfs bier.

'Proost, in naam der wet!' riep Leo en hij maakte twee flesjes aan elkaar open. 'Wie kan ik gelukkig maken?'

'Nou...' zei mevrouw Stam giechelig.

Ik liep naar tante Corrie toe. 'Sorry,' zei ik. Maar ik was zo hees van al het schreeuwen tegen Roel, dat het er raar uitkwam. Ze dacht volgens mij dat ik 'Corrie' zei.

'Ja, Jordan,' antwoordde ze. Ze legde haar hand op mijn schouder en liet hem daar liggen. Tante Corries handen wegen tien kilo per stuk, moet je weten.

'Zou Ben nog komen?' vroeg ik.

'Ik heb geen flauw benul!' antwoordde ze, gelukkig weer op de ouderwetse tante Corrie-toon.

Misschien was Ben nu echt opgesloten door zijn vader, in een kamer met honderd playstations, DVD-spelers, flipperkasten en weet ik wat nog meer. Erg luxe, maar met de deur op slot.

Toen ging de oom van Idris een toespraak houden. Ik kan het niet meer navertellen, maar het was mooi! Het ging over moed en over vriendschap.

'Echte maten laten elkaar niet vallen,' zei hij bijvoorbeeld. Dat weet ik nog, want Idris zei toen: 'En zichzelf ook niet.'

Gloria huilde al zodra die oom begon te praten, mijn moeder deed meteen mee en Roels moeder hield het ook niet lang droog.

Op het eind ging iedereen klappen. En eerlijk gezegd moest ik toen ook een stuk of vijf dikke brokken wegslikken, hoor!

'Hier is nog iemand die jullie wil bedanken,' zei de oom van Idris.

Deur open: Ben! Met Barry vlak achter zich aan.

Ze liepen meteen naar Roel toe.

'Sorry, sorry, sorry, sorry!' riep Ben.

Moet je net Roel hebben. Volgens mij verlangde hij onderhand weer naar zijn rustige vensterbankje.

Toen pas zag ik dat er nog iemand stond. Je zou kunnen zeggen dat het Ben was, maar dan over vijftig jaar. Zijn vader!

Kijk, nu was ik eindelijk slim genoeg om mijn fototoestel te pakken.

Iedereen werd stil. Dit was dus de rijkste man van Nederland.

Hij schraapte zijn keel. 'Dit had nooit mogen gebeuren,' begon hij.

Toen zei hij lange tijd niets meer. Het leek wel of niemand meer durfde te ademen, heel naar was het ineens.

'Er zijn afspraken geschonden, terwijl de risico's bekend waren,' ging hij eindelijk verder. 'Dat was onverantwoord.'

Ineens begreep ik het: hij had het vooral tegen Barry! Die kreeg de schuld van alles! Hij stond achter Ben, met zijn handen op zijn rug en zijn hoofd omlaag.

'Ik hoop dat u mijn excuses wilt aanvaarden,' zei Bens vader. 'Natuurlijk zal ik ook mijn maatregelen treffen.'

(Barry ontslaan dus!)

Weer een pauze. En wij maar beleefd wachten, het leek wel of de minister-president aan het woord was. Niet dat hij extra hard praatte of zo, maar hij had iets waardoor niemand iets durfde te zeggen.

Hoewel... niemand... ik vergat kapitein Corrie natuurlijk! 'Zeg, bewaar jij die yuppentaal maar mooi voor je rijke vriendjes!' riep ze ineens. 'Wat had je dan gedacht? Dat je zo'n jongen zomaar kon opsluiten? In een gouden kooitje? Hou nou toch gáúw op!' Ze ging vlak voor hem staan. 'Wees blij dat er iemand is die meer van je zoon houdt dan van geld! Als jij zonodig de grote meneer wilt uithangen, dan moet je een kamerplant nemen en geen kind!'

'Joh, tante Corrie,' zei Gloria zacht.

Je moet even naar Barry's gezicht kijken op de volgende bladzijde.

Snap je nu waarom Idris 'Daar komt de bruid' ging fluiten?

Maar Bens vader liet zich niet zo makkelijk kisten. 'U bedoelt dat de oorzaak van deze geschiedenis in feite bij mij ligt?' vroeg hij aan tante Corrie.

'Ik bedoel precies wat ik zeg,' antwoordde ze.

'Hear, hear,' zei meneer Admiraal. (Ik dacht eerst: 'Hier, hier.' Maar later vertelde mijn vader dat het Engels is voor: 'Goed gezegd.')

Flits! Er werd ineens een foto gemaakt, en niet door mij! Barry schoof meteen voor Ben, en meneer Botani was al naar buiten geglipt.

'Ik ben van de krant. Klopt het dat jullie een zwaarbewapende bende hebben opgerold?' riep een man met een knots van een microfoon.

Wij begonnen te joelen, maar voordat iemand echt kon antwoorden, werd hij alweer de deur uitgezet door twee agenten.

'Kom maar naar de Postzegel!' riep Idris nog.

Nu is het bijna klaar, hoor!

Even denken... Wij gingen inderdaad naar de Postzegel. Lopend, dus het duurde heel lang. (Ik mocht van mijn moeder niet skaten zonder helm. En Idris' skates stonden nog in de bosjes! (Hopelijk.) En die van Roel stonden nog in dat kamertje. Dus Roels vader moest eerst onze gympen ophalen.)

Het bestuur ging met de taxi, en die hadden gauw de Postzegel versierd.

De man van de krant zat al op het bankje, met die enorme microfoon. Hij hield hem meteen voor de snufferd van Idris. Maar die zei tot mijn verbazing: 'Jordan moet het vertellen. Het is zijn verhaal. Nou, eigenlijk dat van Roel, maar dat heeft geen zin, dan kunt u die microfoon beter opbergen.'

Wij lachen natuurlijk, Roels vader nog het hardst van iedereen.

En nét toen ik wilde beginnen, met mijn camera erbij om de foto's te laten zien, zagen we die grote, witte limousine weer. Ben, Barry en meneer Botani stapten uit.

Ze hadden alledrie een enorme doos bij zich. En weet je wat daarin zat? Een, twee, drie, vier, vijf paar Devlons!

Ik kon een halfuur niet praten van de opwinding. Maar daarna begon ik het verhaal te vertellen. Het verhaal van de Rolling Bones en de foute foto.

De strijd
om de postzegel

Kijk, dit zijn wij, de Rolling Bones. Ik heet Jordan, ik ben die achterste. Alle foto's in dit boek zijn door mij gemaakt. (Behalve deze, die komt van mijn vader.)

Je denkt misschien dat we krantenbezorgers zijn? Mis, we zijn skate-hockeyers.

Ik zal je uitleggen wat we hier doen.

Veel plezier met lezen,

groeten van Jordan Blaak

1

Op de eerste dag van de grote vakantie moesten we een belangrijke skate-hockeywedstrijd tegen de Dakota's spelen. Het verschil tussen de Dakota's en ons is dat hun ouders rijk zijn en de onze normaal.

Wij trainen altijd op de Postzegel, een klein pleintje bij het bejaardenhuis, maar de Dakota's trainen in de sporthal. Zo vaak als ze willen, ze huren gewoon een zaal af! Als je denkt dat ze dan ver moeten fietsen, heb je het mooi mis. Ze worden namelijk altijd gehaald en gebracht. Hun vaders hebben allemaal zo'n terreinwagen waar de hele club in past. En hun moeders hebben er trouwens ook een. Niet dat ik jaloers ben, hoor! Ik zou voor geen goud met ze willen ruilen. Er is namelijk nog een verschil: wij kunnen skate-hockeyen en de Dakota's niet.

Goed, die wedstrijd dus. Kit scoorde in de veertiende minuut. Eén-nul voor de Rolling Bones. Meteen rende zo'n Dakota-vader het veld op om met de scheidsrechter te praten.

Tante Corrie, onze trainster, werd kwaad. 'Stuur die yup van het veld af!' riep ze naar de trainer van de Dakota's.

Die haalde verlegen zijn schouders op. Bij hen zijn namelijk de vaders de baas over de trainer! Dat is bij ons wel even anders. Als tante Corrie zegt: 'Stil!' houdt iedereen meteen zijn mond. Nou ja, bijna iedereen, want haar hondje Puck gaat dan juist blaffen.

Eindelijk droop die Dakota-vader af en konden wij verder spelen. Om kort te zijn: het werd drie-nul voor ons.

De Dakota's hadden echt wel kansen om te scoren, maar er

zit gewoon geen kracht in die rijke armpjes. Het ergste is Joachim, hun aanvoerder. Die staat te showen alsof hij aan het kunstschaatsen is. Als hij de bal krijgt, gaat hij pirouettes draaien, die gek. Hij doet alles tegelijk: karate, breakdance… Alles, behalve die bal gewoon een klap geven. Wat een uitslover, zeg!

We mogen van tante Corrie nooit lachen als we gewonnen hebben. Nou ja, wel lachen, maar niet uítlachen. Dat doen we dus ook nooit, maar bij de Dakota's was dat wel erg moeilijk. Op weg naar de kleedkamers neuriede Idris *we are the champions* en dat is natuurlijk een soort uitlachen.

Toen vroeg die Joachim met opgetrokken neus: 'Ligt er ergens een riool open, of zijn de Rolling Bones in de buurt?'

Idris zei heel tuttig: 'O jee, mijn kapsel is verpest door die nare helm.'

Dat sloeg op Joachim, die heeft altijd zo'n kapperskop, met gel en zo.

'Idris, ik waarschuw je,' zei tante Corrie dreigend, voordat ze de toiletten in liep.

'Hé, daar gaat een vent naar de dames-wc!' riep een Dakota.

(Heel lollig! Tante Corrie lijkt namelijk een beetje op een man.)

En toen werd Kit pissig. Als het om tante Corrie gaat, ontploft ze altijd meteen. Dus wat deed ze: ze gooide haar stick naar die Dakota. En die had nét zijn helm afgezet. Hij ging op de grond zitten met zijn hoofd in zijn armen en begon te steunen en te piepen, niet meer normaal! Terwijl die stick echt niet hard aankwam. Gloria zei nog 'Sorry', maar dat hoorden ze niet. Er kwamen meteen drie vaders bij. Wat een show!

We hebben snel onze kleren aangetrokken en zijn zonder douchen weggegaan.

Buiten stond tante Corrie te wachten. Ze had niets gemerkt van al het gedoe.

Kijk, hier heb je haar, met haar snorfiets. Dat mandje is ei-

genlijk voor Puck, haar hond, maar die was er nu niet. En aan
de zijkant heeft ze klemmen laten zetten voor het vervoer van
onze sticks.

Roel zette zijn spullen in het mandje en ging achterop zitten. Hij mag nog geen grote afstanden skaten, omdat hij kort-
geleden zijn enkel heeft gebroken.

Tante Corrie startte haar fiets, stak nog eens een dikke duim
in de lucht en vertrok.

We reden skatend naar huis, met zijn vieren naast elkaar.
Dat kon wel, want het was een rustige weg.

Idris was kwaad om wat Kit had gedaan. 'Je moet alleen
gooien als er niemand kijkt, sukkel!' riep hij.

'Jij zat ze zelf toch ook uit te dagen,' zei Gloria.

Ik had geen zin in ruzie. 'Wat maakt het nou uit, we hebben
gewonnen!'

Het was namelijk een belangrijke wedstrijd geweest. Als we
hadden verloren, zouden we uit de competitie liggen. Nu zaten
we in de halve finale!

'O papa,' zeurde Idris met de stem van Joachim. 'Je moet nóg een duurdere stick voor me kopen, want we hebben verloren.'

We moesten lachen, Idris kon hem goed nadoen. Toen kwamen we langs een houten schuur, waar een oud bestelbusje naast stond.

'Kom, we gaan stunten!' riep Kit.

Goed idee. Het busje was totaal verroest en er zaten geen banden op. Aan de achterkant klommen we erop, dan roetsjten we over het dak, sprongen op de bumper en dan op de grond. Echte stunt-skaters zijn natuurlijk veel beter dan wij, maar het ging best goed. Vooral bij Kit. Zij kon het ook achteruit, terwijl achteruit springen echt moeilijk is.

Na een tijdje gingen we op de grond zitten. Kit begon splinters van het schuurtje los te trekken.

'Foei Kit, wat maak je er weer een troep van.' Idris haalde een aansteker uit zijn zak. Het was een legeraansteker, met zo'n lekkere benzinelucht.

'Hoe kom je daaraan?' vroeg ik.

'Van een kennis,' antwoordde hij stoer.

Hij heeft het altijd over 'een kennis', maar achteraf blijkt dat dan gewoon zijn broer te zijn, of zijn opa.

Gloria stond op. 'Ik moet plassen. Ik ga even achter de bus.'

'Ik wou net weer gaan stunten,' zei Idris met een grijns.

'Waag het niet, viespeuk!' Gloria gaf een zet tegen zijn helm zodat die op de grond viel. Toen verdween ze achter het busje.

Ik hielp Kit met splinters trekken, terwijl Idris ze wegbrandde. Het hout van die schuur was zo zacht als karton.

'Mag ik die aansteker eens?' vroeg Kit.

Ineens riep Gloria ons. 'Kom eens, o jongens, kom gauw!'

Achter het busje bleek een duif te zitten. Of te liggen, ik weet niet hoe dat werkt bij duiven. In elk geval ging het niet zo goed met hem. Zijn ogen waren half gesloten en hij bewoog niet.

'O lieverdje, wat kunnen we voor je doen?' vroeg Gloria met tranen in haar ogen.

'Hij is al lang dood, man,' zei Idris.

'Misschien is zijn familie wel in de buurt.' Kit keek om zich heen. Ineens gaf ze een gil. 'BRAND! DE SCHUUR STAAT IN DE FIK!'

2

De vlammen waren al hoger dan het gebouwtje zelf.

'Blussen!' schreeuwde Idris.

Te laat. We konden niet eens meer in de buurt komen, zo verschrikkelijk heet was het.

'We moeten hulp halen!' riep Gloria. 'Help, help!'

Ik moet eerlijk bekennen dat ik het prachtig vond. Ik heb zelfs een foto genomen (die ik later weer gewist heb).

Wat maakt vuur een herrie, zeg! Loeien, knetteren, fluiten, dreunen... We stonden op een rijtje te kijken. Telkens deden we een stapje achteruit, omdat het steeds heter werd.

Al snel brandde de hele schuur. Ik had geen idee wat erin opgeslagen stond, maar het fikte goed!

Ineens gaf Idris een gil. 'Mijn helm!' Hij tuurde met zijn handen voor zijn ogen in de vlammen, alsof hij tegen de zon in keek.

'Nee, Idris!' riep Gloria nog, maar die gek was al op weg.

In minder dan een seconde was het gebeurd. Hij verdween in de vlammen, echt waar, en kwam er vrijwel meteen weer uit. Zonder helm. En dat allemaal op skates.

Gloria omhelsde hem alsof hij een jaar weg was geweest. Tenminste, het leek een omhelzing, maar later begreep ik dat zijn haar in de fik stond en dat zij het probeerde te doven. En toen stortte luid krakend het dak in.

'We moeten hier weg,' zei Kit.

'Die duif!' riep Gloria.

Ik trok haar mee. 'Die was al dood.'

Ineens reden we alsof ons leven ervan afhing. Eerst naar het eind van die lange asfaltweg en toen rechtsaf, een woonwijk in. Op dat moment hoorden we loeiende sirenes: de brandweer!

Ik weet dat het stom klinkt, maar pas toen drong het tot me door wat we hadden gedaan.

We gingen zitten op een bankje voor een snackbar.

'Idris, je haar!' schreeuwde Kit.

Toen zag ik het ook: de helft van zijn haar was verdwenen. Echt waar, zijn hele kuif was weg! Er zaten alleen nog korte plukjes. Idris voelde aan zijn hoofd en trok meteen wit weg. (Volgens mij is hij net zo'n ijdeltuit als Joachim.)

Gloria zat met haar hand voor haar mond te kijken. Ik vond het natuurlijk heel erg voor Idris, maar ik moest ook stiekem lachen, want hij leek op een Teletubbie omdat er één plukje overeind was blijven staan.

'Wat moet ik nu?' jammerde hij.

'Een pruik,' stelde Kit voor.

'Helm ophouden,' zei ik.

Gloria schudde haar hoofd. 'Kort knippen.'

Iedereen knikte.

'We zijn brandstichters,' fluisterde Idris, terwijl hij paniekerig over zijn hoofd bleef aaien.

Kit sprong overeind. 'Wé? Wé?' schreeuwde ze. 'Wie moest er zo nodig interessant doen met zijn aansteker?'

'O, krijgen we dat! Heb jij soms gezegd dat ik moest stoppen?' riep Idris woedend.

'Jij vroeg zelfs of je ook mocht,' zei ik tegen Kit.

'Waar bemoei jij je mee?' vroeg ze.

'JA HALLO!' riep ik. 'IK MAG TOCH ZEKER WEL...'

Gloria tikte op mijn knie. 'Hou eens op.'

Nijdig zaten we allevier voor ons uit te staren.

'We moeten naar tante Corrie,' mompelde Kit na een tijdje.

'Die gaat meteen naar de politie,' zei ik.

Wanhopig stak Idris zijn handen in de lucht. 'Het was toch een ongelukje?'

'Ja hoor, een ongelukje!' riep Kit. 'Zeker per ongeluk die aansteker uit je zak gepakt en toen per ongeluk…'

'Hou eens op,' zei Gloria weer.

'Hou zelf op!' zei Kit.

Ik werd ineens zenuwachtig. Waren we nu misdadigers?

'Weet je,' begon Gloria langzaam. 'Als we ons aangeven, krijgen we straf. Volgens mij moeten we dan werken, bijvoorbeeld papiertjes prikken in het park, zes weken lang. Dat betekent niet meer trainen, en dus geen toernooi. Ook wanneer Idris als enige straf krijgt.'

Ik zag dat Kit zich rot schrok.

We zijn allemaal skate-gek, maar Kit is het ergst. Als ze tv-kijkt, kijkt ze naar skaten. Als ze droomt, droomt ze van skaten. Met haar skates aan, want volgens mij draagt ze die zelfs in bed. Als je zou zeggen: 'Er is nog meer op de wereld dan alleen skate-hockey', zou ze niet begrijpen waar je het over had.

Kit schraapte haar keel. 'Nou ja,' zei ze aarzelend. 'Het was een oude schuur. Misschien zijn ze juist wel blij dat ze van die rommel af zijn! Er is toch niemand gewond? Ja, die duif, maar die was het al.'

Idris knikte driftig met zijn (verschroeide) hoofd.

'We moeten Roel opbellen,' zei ik.

(Roel zegt nooit wat. Als je hem belt, is het net alsof je een antwoordapparaat inspreekt.)

'Dat doe ik wel,' zei Gloria. 'Idris, je moet wel wat aan dat haar doen, want zo ben je een rondrijdend bewijsstuk.'

We reden naar mijn vaders winkel om een schaar te lenen. Mijn vader heeft een fotozaak, hij fotografeert bruiloften en zo. Daarom heb ik zo'n mooie camera, het is zijn oude. Ik heb hem altijd, altijd bij me.

Ik reed naar binnen terwijl de anderen buiten wachtten.

Gelukkig stond er een klant, dus had mijn vader minder aandacht voor mij.

'Hoi pap, mag ik even een schaar lenen?'

'Kijk mevrouw, de blauwtinten zijn ook erg feestelijk,' zei mijn vader tegen de klant. 'Waarvoor, Jordan?'

(Om een brief mee te schrijven, nou goed?) 'Om iets te knippen.'

Mijn vader schoof een schaar naar me toe. 'Voorzichtig en meteen weer terugbrengen. U kunt natuurlijk ook voor gebroken wit kiezen.'

'Dag pap.'

Net voordat ik de deur achter me dicht trok, hoorde ik die klant zeggen: 'Het ruikt hier ineens naar rook!'

Het gebeurde op de de Postzegel. Gloria was de kapster. Het zag er heel echt uit. Ze knipte steeds twee keer in de lucht en dan, hupla, een pluk eraf. Idris zat zachtjes te jammeren en Kit hield de wacht.

(Ik heb de foto stiekem gemaakt. Sorry, Idris!)

Toen ik thuiskwam, liep ik meteen door naar boven om te douchen.

'Wat zullen we nou krijgen?' vroeg mijn moeder, toen ik klaar was.

'We hebben na de wedstrijd niet gedoucht,' zei ik.

'Daar heb je anders toch niet zo'n problemen mee,' mompelde ze, maar ze vroeg gelukkig niet verder.

Mijn shirt heb ik onder in de wasmand gepropt en mijn skatebroek heb ik uit mijn raam gehangen, met het lusje aan de raamhaak. De volgende dag rook hij weer zo fris als… zo fris als een skatebroek.

3

Ik was al heel vroeg beneden, want ik wilde zien of er iets in de krant stond over de brand.

'Is er geen krant?' vroeg ik aan mijn vader, die zat te ontbijten.

'Goedemorgen Jordan!' zei hij.

'O ja, goedemorgen. Is er geen krant?'

'Nee, nog niet. Sinds wanneer lees jij de krant?' vroeg hij.

'Ik zei toch niet dat ik hem wil lezen?' antwoordde ik.

Ik kwam vroeg bij de Postzegel, toch was iedereen er al (behalve tante Corrie).

Kijk, dit is nou Roel, onze goalie. Hij zei niks, maar je kon

aan zijn gezicht wel zien hoe dom hij het vond. En hoe stiller Roel is, hoe meer Idris altijd gaat kletsen.

'Eigenlijk konden we er niks aan doen, weet je!' zei hij. 'Ik bedoel, van wat voor hout maken ze zo'n schuur tegenwoordig! Dat bedoel ik, weet je.'

Tuftuftuf, in de verte hoorden we tante Corrie aankomen.

'Ik weet welk schuurtje jullie bedoelen. Daar ligt oud papier opgeslagen; kranten en reclameblaadjes en zo. Die zijn natuurlijk in de hens gegaan,' zei Roel.

Op dat moment schoot Puck op ons af. Hij rende razendsnelle rondjes, alsof de Postzegel een flipperkast was en hij de bal.

'Goeiemorgen Bones!' riep tante Corrie. 'Op de bank, graag!'

'In de hens betekent toch in de fik?' fluisterde Kit in mijn oor, terwijl we naar de bank liepen.

Ik knikte.

'Mensen, luister!' Tante Corrie ging op haar krukje tegenover ons zitten.

Vanuit mijn ooghoek zag ik nog één plukje haar liggen, de rest had Gloria gisteren in haar (lege) broodtrommel meegenomen om weg te gooien.

'O jee,' fluisterde Kit.

Ik zag meteen waarom. Tante Corrie had een brief in haar hand. Ze sloeg ermee op haar knie, terwijl ze ons een voor een aankeek. 'Wat hebben jullie gisteren nou weer geflikt!'

Shit, shit, shit! Ik had me er vannacht al over verbaasd dat die brandweerwagens er zo snel waren. Er was waarschijnlijk iemand in de buurt geweest. En nu bleek dus dat diegene ons had gezien. We waren er gloeiend bij. Brandstichting!

'Ja maar, kijk…' begon Idris. Zijn gezicht was net zo grauw als zijn T-shirt.

'Waar is je goede helm?' vroeg tante Corrie.

Idris had zijn oude helm opgezet. 'Thuis,' zei hij.

Tante Corrie ging er niet verder op in. Ze hield de brief omhoog. 'Ik had het liever van jullie zelf gehoord. Je weet toch dat dit soort dingen altijd uitkomt?'

Als bange lammetjes zaten we haar aan te kijken.

'Ik hoef niet te weten wie het gedaan heeft. Ook niet waarom. Ik wil alleen de belofte dat dit soort geintjes niet meer zal voorkomen.'

'Krijgen we straf?' vroeg Idris met een piepstemmetje.

Tante Corrie knikte. 'Luister maar naar wat die yup schrijft.' Ze vouwde de brief open en las voor (tante Corrie leest heel langzaam, woord voor woord, terwijl ze met haar vinger aanwijst waar ze is): 'Geachte bla bla bla... wedstrijd van gisteren bla bla... Hier komt het: ... vinden wij dat de wedstrijd overgespeeld moet worden. De uitslag van gisteren wordt als ongeldig beschouwd.'

Huh?

'Maar waarom...' stamelde Kit.

'Waarom? Waarom? Omdat jullie zo nodig een hockeystick naar die jongen zijn harses moesten gooien. Daarom!' Tante Corrie stond op. 'We praten er later verder over. Die wedstrijd wordt dus overgespeeld, aanstaande donderdag. Dat wil zeggen: overmorgen. En nu wil ik graag dertig rondjes zien, met stick en bal.'

Ze maakte een prop van de brief en gooide hem naar Puck. 'Vermorzel!'

Natuurlijk hadden we allevijf gedacht dat ze het over die brand had. We hebben dertig rondjes lang gelachen.

Aan het eind van de dag, toen tante Corrie al was vertrokken, praatten we er verder over.

'Het is maar goed dat we ons niet hebben aangegeven,' zei Idris. 'Dan hadden we straf gekregen en waarvoor? Voor een stapeltje oude kranten.'

'Ja, wie mist die nou?' zei Kit. 'Ik zou juist zeggen: opgeruimd staat netjes!'

Toen hoorden we het geluid van een brommer. Even dacht ik dat tante Corrie terugkwam, maar het bleek iemand op een scooter te zijn. Hij reed regelrecht naar ons toe. En wie zat erop? Tutje Joachim van de Dakota's! Hoe kwam hij aan zo'n mooi scootertje? Hij is volgens mij pas veertien of zo.

'Hé, is je papa er niet?' vroeg Idris zogenaamd verbaasd.

'Nee, mijn vader heeft namelijk een baan,' antwoordde Joachim.

Ai, gemeen! Alsof Idris' vader geen werk had. Kijk, dat hád hij toen ook niet, maar dat kon Joachim niet weten.

'Ja, weet je wat zijn baan is? Brieven schrijven als zijn zoontje verloren heeft. Nou, daar heeft hij wel een dagtaak aan!' riep Idris.

Kit en ik moesten lachen, maar Gloria vond het niet leuk. 'Kunnen jullie ook normaal praten?' vroeg ze.

'Normaal? Ja hoor.' Joachim keek naar Idris. 'Lekker fikkie, hè?'

We schrokken ons helemaal te pletter! Niemand zei iets.

Daar zat hij, met dat vuile lachje op die rotscooter. 'Niet zo slim! Jullie hadden beter meteen naar de politie kunnen gaan.'

Idris ontplofte. Ik denk dat hij Joachim met scootertje en al over het hek van de Postzegel wilde gooien, maar Gloria hield hem tegen.

'Je kunt ons niets maken, want je hebt geen bewijs,' zei ze.

'O nee?' vroeg Joachim. 'Waar is de helm van je vriendje dan?'

Het leek net of hij ons met een grote hamer steeds dieper de grond in sloeg.

Idris wreef over zijn oude helm. 'Die is…'

'Je naam zal er wel in staan,' zei Joachim (zogenaamd) bezorgd.

Ik haatte hem! O, wat háátte ik hem!

Kit begon te schelden. (Laat ik maar niet opschrijven wat ze allemaal riep.) Joachim bleef gewoon grijnzend luisteren.

Toen haalde hij heel langzaam een wit, plastic tasje onder zijn jas vandaan. Tenminste, het leek een plastic tasje, maar het was de gesmolten helm van Idris. 'Ik heb je gered,' zei hij.

Idris probeerde de helm te grijpen, maar Joachim trok hem snel terug, lachend als een kalkoen. 'Ik verklap niks, hoor!' zei hij. 'Tenminste…'

'Tenminste wat?' vroeg Kit, pimpelpaars van woede. 'Wat wil je nou eigenlijk, man?'

Hij glimlachte vriendelijk. 'Ik wil de komende wedstrijd graag winnen.'

Wát?

Het duurde even voordat we het snapten: CHANTAGE!

Hij liet zijn scooter steigeren en draaide om zijn achterwiel. 'Minstens één-nul voor ons. Na de wedstrijd krijg je de helm.'

Weg was hij.

We hebben eerst tien minuten staan schreeuwen en schelden. Toen waren we ineens allemaal doodstil. We pakten onze rugzakken en schaatsten langzaam naar de bushalte. Omdat Roel een zwakke enkel heeft, gaat hij namelijk altijd met de bus naar huis.

(Misschien zeg je nu: 'Zwakke enkel? Zwakke stem zul je bedoelen, want hij praat helemaal niet.' Dat klopt: Roel praat gemiddeld één keer per dag.)

'We doen het, hoor! We zorgen dat we verliezen!' riep Idris na een poosje. Hij was duidelijk in paniek. Logisch, hij was de hoofdschuldige.

Kit schaatste achterstevoren, zodat we elkaar konden aankijken. 'Of we geven onszelf toch nog aan. Dan kunnen die Dakota's ons niets meer maken. Een stapeltje oud papier, wat stelt dat nou voor!'

'Het gaat natuurlijk om die brandweerauto's,' zei Gloria. 'Die zijn hartstikke duur en dat moeten wij betalen.'

Idris stak zijn handen weer omhoog. 'Drie jaar papiertjes prikken, man! Geen trainingen, geen toernooi. En wat denk je dat tante Corrie zal zeggen? En mijn vader?'

We waren bij de bushalte aangekomen.

'Jij bent schuldig, maar wij niet.' Kit draaide snelle rondjes om de haltepaal.

'O nee?' zei Idris. 'Dan had je me gisteren moeten verraden.

Nu is het te laat, weet je. Nu ben je verplichtig.'

'Médeplichtig, bedoel je. Natuurlijk zijn we met zijn allen medeplichtig. We zijn toch een team?'

(Ja! Ja! Dat was nou Roel! Heb je hem gehoord? Mooi zo, en dan nu maar weer een dagje wachten.)

Daar kwam de bus; Roel stapte in. Wij zouden altijd nog gekke bekken trekken naar degenen die achterblijven. Scheel kijken, je neus tegen het raam drukken en zo. Roel niet, die droge ging zelfs aan de andere kant van de bus zitten.

We bleven heel lang kijken, ook toen de bus al uit het zicht was.

Roel is niet goed wijs, dacht ik. Hij had zelf toch helemaal niks gedaan? En toch had hij gezegd: 'Wij zijn met zijn allen medeplichtig.'

'Kijk, het zit zo,' begon Idris. En toen hing hij een ellenlang kletsverhaal op. Ik luisterde niet, want het was wel duidelijk wat hij wilde: één-nul voor de Dakota's en dan zijn helm terug.

4

'Wat voor straf krijgen kinderen als ze een misdaad hebben gepleegd?' vroeg ik 's avonds aan tafel.

'Dat ligt eraan,' zei mijn vader.

'Als ze bijvoorbeeld iemands kop eraf hebben gehakt?' vroeg Tom enthousiast. (Hij is mijn broertje van zes.)

'Hè Tom!' riep mijn moeder.

'Stel, ze hebben ingebroken,' probeerde ik.

'Ik denk dat ze dan de doodstraf krijgen, toch pap?' vroeg Tom hoopvol.

'Zég daar nou eens iets van!' riep mijn moeder tegen mijn vader.

Mijn vader haalde zijn schouders op en nam een hap.

Ik hield vol. 'Bestaan er jeugdgevangenissen?'

'Helaas wel,' antwoordde mijn moeder.

Ik wist genoeg: het zou één-nul voor de Dakota's worden.

'O ja, we hoorden gisteren brandweerwagens!' riep Tom ineens.

Ik voelde het zweet op mijn hoofdhuid kriebelen.

Mijn vader knikte. 'Ik hoorde dat die hele opslagloods van het oud papier in de fik is gegaan. Aangestoken, schijnt het.'

'Tsss, wie doet nou zoiets,' zei mijn moeder.

Ik moest natuurlijk ook iets zeggen. Niemand blijft gewoon naar zijn aardappelen kijken bij zo'n bericht.

'Goh,' zei ik, met een rare, hoge stem.

Tom moest lachen. 'Je lijkt Donald Duck wel! Doe nog eens?'

De volgende dag besprak tante Corrie de wedstrijd tegen de Dakota's. 'Luister Bones. De vraag is: wat wordt onze tactiek? Het antwoord is: uitputtennn!'

(Tante Corrie praat altijd heel stoer als ze training geeft.)

Wij zaten braaf te luisteren. Idris zag eruit alsof hij zware griep had.

'In het eerste kwartier sloven die lui zich altijd vreselijk uit,' ging tante Corrie verder. 'Daarna zijn ze uitgeput. Wat wil dat zeggennn?' Ze keek ons één voor één aan. 'Dat wil zeggen dat we in het begin steeds balbezit proberen te houden. Laat ze maar rijden, laat ze maar moe worden. Daarna zetten we plotseling drie man op de aanval: Kit, Jordan en Idris. Gesnopen?'

We knikten.

Tante Corrie bleef even naar ons kijken, met haar armen over elkaar. 'Allemachtig Bones!' riep ze toen. 'Moet je die verslagen smoeltjes nou eens zien! Deze beslissing is in ons voordeel, zien jullie dat dan niet? We hakken ze in de pan met tiennul! Idris, kijk in de spiegel. Je ziet eruit als een oude vaatdoek.' Ze klapte in haar handen. 'Hup, in de benen. Ik wil tien rondjes zijwaarts zien. Daarna gaan we de tactieken oefenen.'

We trainden alsof we robots waren. Afschuwelijk was het.

Om kwart voor vijf, een uur eerder dan normaal, blies tante Corrie het eindsignaal. 'Mensen, we stoppen. Dit is helemaal niks. Ik kan beter een stelletje kippen gaan trainen, want daar zit tenminste pit in. Als er iets aan de hand is, dan hoor ik dat graag. Zo niet: vanavond vroeg naar bed en morgen fris ertegenaan. Ik groet u allen.'

Ze had zwaar de pest in, dat was duidelijk. Ze nam Puck on~~er~~ haar arm, zette hem in het fietsmandje en reed weg.

~~\~~ sjokten naar de bank en ploften neer alsof we tien uur ~~\~~lkaar getraind hadden.

~~\~~s verliezen, hoe doe je dat eigenlijk?' vroeg Gloria.

~~\~~ wedstrijd stil blijven staan,' zei Kit.

'Mag niet, dan word je geschorst,' antwoordde ik.

Roel begon te grinniken.

'Ja, ha ha, heel leuk allemaal!' riep Idris boos.

'Nee, ik heb een idee,' zei Roel. 'We zorgen dat ze op geen enkel moment de bal krijgen, de hele wedstrijd lang.'

'Ze moeten toch een doelpunt maken, oen!' zei Kit.

'Dat kunnen wij toch voor ze doen?' antwoordde Roel, met een heel slim lachje.

(Nou, nou, wat een kletskous: twee zinnen op één dag!)

'Maar hoe…' begon Idris.

Ik had Roel door. 'Wij maken hem zelf!' riep ik.

'Goed idee, Roelie!' zei Gloria verrast.

Kit ging meteen rondjes rijden. '*De Rolling Bones gaan nóóit verloren,*' zong ze.

(Kit is nog drukker dan Puck.)

Gloria gaf een klopje op Idris' helm. 'En jij mag hem erin schieten.'

'Ja, dag!' riep Idris. 'Ik ga écht geen eigen doelpunt maken!'

'We gaan erom loten,' zei ik.

'Goed,' zei Idris. 'Ik neem vier takjes in mijn hand. Wie het kortste trekt, moet morgen scoren.'

Idris dacht dat hij slim was, namelijk.

'Róel neemt vier takjes,' zei ik.

En Roel maar grijnzen.

Die donderdag kwamen ze een halfuur voor aanvang aanrijden, met vijf vette terreinwagens achter elkaar. Het leek wel een militaire stoet.

Ze parkeerden midden op de weg, vlak voor de Postzegel. Tenminste, dat wilden ze, maar tante Corrie dirigeerde ze meteen naar de parkeerplaats van het bejaardenhuis.

'Het is vijftig meter lopen,' zei ze. 'Dat is toch wel te doen, zelfs voor jullie.'

(Dat laatste zei ze toen ze al wegreden, hoor!)

Terwijl wij als lappenpoppen op onze bank zaten, kwamen de Dakota's vrolijk en druk de Postzegel op lopen. Ze hadden vier vaders mee en drie moeders.

Voor ons was alleen het bestuur er. Kijk, hier heb je ze:

Het is een foto van vorig jaar, maar ze zijn bijna niets veranderd. Meneer Admiraal (links) en mevrouw Stam wonen in het bejaardenhuis en Leo is een dakloze. Zij zien al onze thuiswedstrijden.

Toen Joachim langs ons liep deed hij een sirene na. Meteen greep Gloria Idris beet en dat was maar goed ook, anders was de hele wedstrijd afgelast wegens ernstige geweldplegingen.

'Schitterend buitenveldje hebben jullie,' zei een Dakota-vader.

'Dank u,' zei Gloria beleefd, terwijl ze bij Idris op schoot ging zitten om hem in bedwang te houden.

Zelfs de oppepper van tante Corrie, net voor de start, was lamlendig. 'Nou Bones, ik zou zeggen... ach, weet ik veel. Wat is er toch met jullie aan de hand?'

We brulden ook onze yell niet. (Die gaat zo: 'BONE OP DE BORST, BONE IN DE BORST!')

Idris is onze aanvoerder, dus die moest starten. Samen met... ja hoor, Joachim de oppertut!

'Prettige wedstrijd,' zei de scheidsrechter.

'Dat zal wel lukken,' antwoordde Joachim.

Gloria stond vlak bij Idris, zodat ze hem kon grijpen als hij Joachim zou aanvliegen.

Idris had de bal en speelde breed over naar Kit. Die stopte rustig en keek om zich heen. De vaders aan de kant meteen brullen, zeg! Kit sloeg de bal naar mij. Weer dat gebrul. Iets van: 'Blokkeren Eddie! Blokkeren, jongen!'

Ik draaide me om en sloeg de bal terug naar Idris, die schoof hem meteen door naar Gloria.

'Blokkeren Joachim, blokkeren!'

Tjemig, die vader had zeker net een nieuwe term geleerd.

Gloria sloeg de bal rustig door naar Kit. Ik had er eigenlijk wel lol in. Ken je 'lummelen'? Twee mensen gooien de bal naar elkaar over en de derde moet hem proberen af te pakken. Erg leuk, vind ik. Tenminste, als je niet de derde bent. Nou, deze wedstrijd leek op lummelen. Als een van ons de bal kreeg, kwam er onmiddellijk zo'n Dakota aanstormen, en net voor hij er was, sloegen we de bal door naar iemand anders.

Vijftien minuten lang zijn de Dakota's niet aan de bal geweest, eerlijk waar! Tante Corries tactiek werkte goed.

'Oké Bones, zo ken ik jullie weer,' zei ze in de eerste rust. 'En nu over naar tactiek twee: scoren! We gaan dik in de aanval; Kit, Idris en Jordan naar voren. Gloria, ze zijn nu uitgeput, jij redt het achterin wel alleen.'

Dik in de aanval, ja ja! Het was gewoon een herhaling van het eerste kwartier. De Dakota's werden steeds bozer, dat was wel weer leuk. Maar ik voelde me zó rot tegenover tante Corrie.

'Ja, Jordan, erin!' riep ze, toen ik met de bal vrij voor het doel stond.

Ik sloeg hem schuin achteruit naar Kit.

'Kit, kom op, naar voren en scoren!' riep tante Corrie.

Maar Kit draaide om en speelde terug.

Tante Corrie snapte er niets van. 'Idris, toe nou toch jongen!'

De Dakota's bleven aan één stuk door spelers wisselen. (Wij hebben geen reservespelers.) Alsof dat iets hielp. Wij zijn gewoon beter. Dus als wij de bal willen houden, dan houden wij de bal. Punt uit.

5

Tweede rust.
Kijk, zo stond tante Corrie te wachten:

Ze keek ons één voor één aan. Niemand keek terug.
'Wat is dit?' vroeg ze hard.
Idris haalde zijn schouders op, Kit keek naar de lucht en ik
frunnikte wat aan mijn stick.

'Gloria!' zei tante Corrie.

Dat was slim van haar, want Gloria kan niet liegen.

'Tante Corrie, het is… het is een soort geheim,' zei ze.

'O ja?' vroeg tante Corrie. 'Nou, niet dus! Vertel maar op.'

Arme Gloria. 'We hebben… het is…' stamelde ze.

'We moeten met één-nul verliezen,' zei Kit toen. 'Dat is een soort afspraak met de Dakota's.'

Jeetje, tante Corrie leek wel een stier! Echt waar, ik zou zweren dat er stoom uit haar neusgaten kwam. Ze knikte langzaam met haar hoofd, twee keer, drie keer…

Toen haalde ze haar fluitje van haar nek en gooide het voor onze voeten op de grond. Daarna draaide ze zich om en liep weg.

Zonder iets te zeggen keken we haar na.

Ondertussen was ons bestuur erbij gekomen.

'Ik heb het vermoeden dat hier iets raars aan de hand is,' zei meneer Admiraal.

Ik knikte. 'Het is nog veel raarder dan u denkt.'

'Maar dát geldt voor het hele leven!' riep Leo vrolijk. 'Hoe raarder, hoe waarder!' Hij lachte hard en eindigde in een raspende hoestbui. Mevrouw Stam klopte bezorgd op zijn rug.

In de verte klonk het wegstervende gepruttel van tante Corries snorfiets.

Toen kwam de scheidsrechter naar ons toe. 'Wat jullie doen is spelbederf. Dat staat in de reglementen,' zei hij.

(We hadden hem al vaker gehad. Hij heeft het altijd over de reglementen.)

'We doen toch zeker niks?' vroeg Idris brutaal.

'Maar dat ís het hem nou juist!' riep hij. 'Jullie moeten wél wat doen! Er moet gescoord worden. Dat is nu juist het speldoel!' Hij bladerde zenuwachtig in zijn boekje,

Tante Corrie heeft er ook zo één, daar leest ze wel eens uit voor. Niet om ons iets te leren, maar om te kunnen lachen. Er

staat bijvoorbeeld in: *De partij die de meeste doelpunten maakt,*
heeft gewonnen.

'Waar is jullie trainer eigenlijk?' vroeg de scheidsrechter.

Gelukkig redde meneer Admiraal ons. 'Ik neem de zaken
voor haar waar,' zei hij deftig.

Laatste deel. We begonnen weer met 'lummelen', maar we bak-
ten er ineens niets meer van. Al in de tweede minuut raakten
we de bal kwijt. (Wij zijn net baby's, zonder tante Corrie kunnen we niks.)

'Andréas, blokkeren!'

Ik werd gek van die vent met zijn blokkeren.

We waren nu ongeveer even goed (dus slecht) als de
Dakota's. Ze kregen drie, vier prachtige kansen om te scoren,
maar Roel, onze supergoalie, hield alles tegen.

Wij verprutsten onze kansen ook, maar dan expres.

Meneer Admiraal stond langs de kant. 'Hup, hup, hupsa-
kee!' riep hij.

Hij dacht zeker: nu ben ik de trainer, dus moet ik wat roepen.

Nul-nul nog steeds.

'Vergeten jullie niet iets?' vroeg Joachim in het voorbijgaan
aan me.

'Vergeet jij niet iets?' vroeg ik.

Joachim wees naar het keetje. Ik zag het meteen: hij had de
gesmolten helm erbovenop gegooid.

Ik riep Idris en Kit en wees naar de helm.

Kit moest het doen, want zij had gisteren het kortste takje
getrokken.

Joachim had de bal. Hij speelde niet over maar reed zigzag-
gend naar ons doel. Egotrippertje!

'Kit, blokkeren!' riep Idris met een Dakota-stem.

Ik zag door zijn masker heen dat Roel moest lachen. Hij
kromde zijn rug, Joachim haalde uit...

Zoef, hij sloeg lucht, want Kit kaapte net op tijd de bal voor zijn voeten vandaan. Ze reed ermee terug, draaide zich om, wipte de bal op en sloeg hem vanuit de lucht, zoals bij honkbal, snoeihard in ons eigen doel.

Roel was kansloos.

'Doelpunt!' brulde Leo. Hij ging meteen *olé, olé* zingen, met zijn handen op de schouders van mevrouw Stam.

Normaal rij je altijd een ererondje als je gescoord hebt, met je stick in de lucht. Maar Kit bleef stokstijf staan. Het Dakotapubliek was doodstil. De scheidsrechter stond paniekerig in zijn boekje te bladeren. Toen pakte hij zijn fluitje en…

Prrrt, prrrt, prrrt! Eindsignaal.

Eén-nul voor de Dakota's. Zij in de halve finale, wij uit de competitie.

Het duurde even voordat het tot ze doordrong, maar toen waren ze gewoon blij. Snap je dat nou? Zou jij op die manier willen winnen?

(Ik weet trouwens niet zeker of de andere Dakota's wel van de chantage wisten.)

Idris kreeg weer praatjes. 'Gefeliciteerd, hoor!' zei hij. 'En wat een mooi doelpunt. Jullie zullen wel trots zijn!'

Ik zag dat Joachim een raar trillinkje bij zijn mond kreeg. Hij had natuurlijk op een heldenrol gehoopt.

'Idris, hou op, man! Straks verlinkt hij je alsnog,' siste ik.

Toen maakte Kit een geluid dat klonk als een jammerende kreun.

Hiernaast zie je wat ze zag.

Een zakenman herken je aan zijn koffertje, een politieagent aan zijn pet. En een scout herken je aan zijn klembord. Scouts zijn altijd op zoek naar jong talent.

Kit is ons talent. We zullen het nooit toegeven, niet aan elkaar en al zeker niet aan haar, maar het is wel zo.

Er is al één keer eerder een scout geweest, maar dat bleek

een oplichter te zijn. En nu was er eindelijk een echte, net als wij gingen lummelen.

Hij zou wel denken: in dit achterbuurtje hoef ik niet meer terug te komen; wat een prutsers.

Misschien had iemand hem wel getipt: 'Je moet eens bij die Rolling Bones gaan kijken. Daar zit een hoop talent tussen!'

Want dat hij voor ons kwam, en niet voor die Dakota's, dat lijkt me wel duidelijk.

We konden alleen maar kijken hoe hij wegliep, weg van de Postzegel. Ik geloof dat hij langzaam met zijn hoofd schudde.

6

Ik ging naast meneer Admiraal op het bankje zitten. Hij legde zijn grote, gerimpelde hand op mijn knie.

(Ik doe altijd stiekem alsof hij mijn opa is, want die heb ik zelf niet meer.)

Kit was een eindje gaan wandelen, samen met Gloria en mevrouw Stam. Misschien huilde ze wel, en wilde ze dat voor ons verbergen.

(Hoewel, Kit huilt niet gauw. Ze heeft een keer een klap van een stick tegen haar mond gehad. Alles was stuk, het bloed spoot eruit. Maar huilen? Nee hoor.)

De Dakota's stonden klaar om te vertrekken. Eén van die vaders liep nog wat rond te kijken, met zijn armen over elkaar. Het was dezelfde man die had gezegd dat wij een schitterend buitenveldje hadden.

'Van wie is dit gedoetje eigenlijk?' vroeg hij aan Idris.

'Van ons natuurlijk,' antwoordde Idris.

'Wat kostte dat?' vroeg die vader.

Idris wees naar Leo. 'Daar zit Leo de Peo, hij is onze penningmeester. Hé Leo, wat hebben wij voor de Postzegel betaald?'

Leo deed meteen mee. 'Dat zou ik even moeten nacalculariseren,' zei hij.

Allemaal onzin! Leo héét alleen maar penningmeester, omdat elk team er nu eenmaal een moet hebben. En de Postzegel hoort eigenlijk bij het bejaardenhuis, zodat de oude mensen in de zon kunnen zitten. Wij gebruiken hem alleen maar.

'Erg leuk pleintje,' zei die vader weer. 'Is het huur of is het pacht?'

Leo lachte zijn bruine brokkeltanden bloot. 'Het is puur-hacht.'

De vader knikte alsof hij het helemaal begreep.

'Pa, kom nou!' riep een Dakota.

'Ja, ja!'

Bij de Dakota's zijn de kinderen de baas over hun vaders, echt waar. Hij bleef nog even met Idris kletsen, gaf hem toen lachend een hand en verdween in zo'n enorme auto.

Ik voelde me rot om tante Corrie.

'Meneer Admiraal, weet u,' begon ik.

'Ja, jongen?'

'Het was chantage, we hebben iets gedaan wat niet mocht. Eén van die Dakota's heeft ons betrapt.'

'En als jullie hen lieten winnen, zou hij zijn mond houden,' raadde meneer Admiraal.

Ik knikte.

Leo kwam naast ons zitten.

'Mijn hemel,' zei meneer Admiraal.

Leo schudde zijn hoofd en riep: 'Koning, keizer, admiraal: de hemel is van ons allemaal!'

'Dat moet tante Corrie weten,' zei meneer Admiraal tegen mij.

'Zij weet dat wel, zij weet dat wel,' antwoordde Leo.

Even later waren we weer alleen, ons bestuur was vertrokken. Aan de grijns van Idris zag ik dat er iets was.

'Wat zat jij eigenlijk te smoezen met die Dakota-vader?' vroeg ik.

Hij trok ineens een geheimzinnig gezicht. 'O, gewoon, zaken.'

Akelig ventje!

'Zeg nou even wat er is, opschepper!' Kit was ook geïrri-teerd.

'Meneer Brunet wil een weddenschap met ons afsluiten,' vertelde Idris stralend. 'Hij wil dat we nog een keer tegen de Dakota's spelen.'

'Ja dag!' riep Kit meteen.

'En als we winnen, betaalt hij zes maanden zaalhuur voor ons. Kunnen we de hele winter doortrainen!'

Het duurde even voor het tot ons doordrong.

Toen begon Kit te juichen. 'Die is gek, die is echt gek! Natuurlijk winnen we!' Ze hield ineens op. 'Je hebt je helm toch terug?'

Idris liet hem zien, hij had hem zo snel mogelijk van het keetje afgehaald en in zijn rugzak gepropt.

'Yes, de hele winter doortrainen!' riep Kit.

'Wacht even,' zei Gloria. 'En als we verliezen?'

'Doe normaal, man!' riep Kit. 'Verliezen, wij? Van de Dakota's?'

'Maar áls we verliezen?' hield Gloria vol.

'Oo, dán,' zei Idris. 'Dan is de Postzegel voortaan voor hen.'

Ik kreeg meteen kippenvel. Onze Postzegel, ons geliefde pleintje!

Kit was rondjes aan het schaatsen. '*De Rolling Bones gaan nóóóóit verloren. Knoop dat in je oren, van achter en van voren!*' brulde ze.

'Ik vertrouw die lui niet,' zei Roel.

'Ik ook niet.' Gloria trok een gezicht alsof ze citroenschillen at.

'Wat kan er nou misgaan!' riep Idris. 'Dit is pure winst, weet je.'

'We kunnen er toch nog even over nadenken?' stelde ik voor.

Idris schraapte zijn keel. 'Ik heb eh, ik heb de weddenschap eigenlijk al een beetje vastgelegd,' zei hij, terwijl hij naar zijn skates keek. 'Min of meer.'

Tante Corrie staat in de zomer altijd op de camping aan de rand van de stad.

We reden rustig, vanwege de enkel van Roel. Maar ook omdat het bloedheet was. Mijn rug was nat van het zweet.

'Vond je het heel erg van die scout?' vroeg ik aan Kit, die naast mij reed.

'Helemáál niet!' riep ze. 'Wat kan mij zo'n stomme vent nou schelen? Ik heb heus niemand nodig, hoor!'

'O.' Ik probeerde mijn slag aan die van haar aan te passen. Ik maak normaal ongeveer twee keer zoveel slagen als zij en toch gaat zij harder. Zij blijft altijd heel lang op één been doorglijden.

'Hé Jordan, lekker de hele winter doortrainen,' zei ze.

'Als we winnen.'

'Hoe kunnen wij nou verliezen van de Dakota's? Dan moet er wel iets heel geks gebeuren, bijvoorbeeld dat we allemaal tegelijk blind worden,' riep ze.

'Nou, wie weet,' zei ik.

Gloria keek achterom. 'Wat zeggen we tegen tante Corrie?'
'De waarheid,' antwoordde ik plechtig.

Aan het begin van de camping staat een slagboom. Wij kunnen diep bukken zonder vaart te minderen, maar we werden teruggeroepen door de beheerder.

'Wat zijn we van plan?' vroeg hij.

We vertelden dat we naar tante Corrie wilden.

'O ja, nu zie ik het. Jullie zijn dat clubje van haar.' De beheerder trok een moeilijk gezicht. 'Slecht moment, jongens. Ze is vandaag zo chagrijnig als een oud paard.'

'Dat komt juist door ons,' zei Gloria.

'O, mooi is dat! Nou, wieltjes uit en opschieten dan maar.' Hij knikte in de richting van het pad.

Tante Corrie zat voor haar caravan. Ze hoorde ons niet aankomen, omdat we op blote voeten liepen, maar Puck rende dolblij op ons af, alsof hij al twee jaar op dit moment had gewacht. Tante Corrie keek even om, maar ze stond niet op.

'Hoi, tante Corrie,' zei Gloria verlegen. 'Hier eh, zijn wij.'

Tante Corrie bleef stug in haar tijdschrift kijken. 'Zo, hebben jullie de buit binnen?' vroeg ze.

Kijk, hier heb je haar:

Wij bleven onhandig op een kluitje staan.

'Jullie dachten zeker: dat is makkelijk verdiend! Zijn jullie nou trots op jezelf?' Ze had zo'n nare koude stem en keek ons nog steeds niet aan.

'Wilt u uw fluitje terug?' vroeg Gloria zacht.

'Ik dank je feestelijk!' antwoordde tante Corrie. 'Ik werk alleen met sportieve, eerlijke mensen.'

Kit deed een stap naar voren. 'U moet niet zo rot tegen ons doen!' riep ze. 'U snapt het niet! Het was…' Ze keek even naar Idris. 'Hoe heet het?'

'Chantage,' zei Idris.

'Ja, chantage! Anders moesten we drie jaar papiertjes prikken!'

Hè hè! Eindelijk ontdooide tante Betonblok.

'Pardon?' vroeg ze.

Tralala, happy end! Zie je het? Barbecuen bij de Kipcaravan van tante Corrie.

Let op het fluitje!

Weet je waarom ze nou zo woedend was? Zij dacht dat wij geld hadden aangenomen van de Dakota's. Dat wij bijvoorbeeld voor honderd euro die wedstrijd hadden verloren.

Het idee alleen al!

Ze was ook wel een beetje boos toen we over de brand vertelden, maar dat andere had ze veel erger gevonden.

Het viel dus allemaal mee.

Dacht ik nog.

Maar toen zei tante Corrie: 'Ik denk dat de straf niet zo zwaar zal zijn. Jullie hebben het tenslotte niet expres gedaan.'

Ik hoorde Idris slikken, het leek wel of hij een baksteen naar binnen werkte.

'U bedoelt…' zei Gloria.

'Dat we ons moeten aangeven?' vroeg ik.

Tante Corrie keek stomverbaasd. 'Wat hadden jullie dan gedacht?'

'Nou gewoon, zand erover,' zei Idris. 'Voortaan beter oppassen.'

Tante Corrie keek hem aan, met een blik...

(Heb je *Jurassic Park* gezien? Hoe zo'n dinosaurus kijkt, vlak voor hij gaat aanvallen?)

Idris werd zo klein als een kakkerlakje. 'Kunnen we niet gewoon, eh…'

Tante Corrie gooide nog een stuk houtskool op het vuur. 'Nee, dat kunnen jullie niet.'

'Dat wordt dus drie jaar papiertjes prikken,' zei Idris zacht.

Kit had net een hap stokbrood met satésaus in haar mond gestopt. 'Dan hebben we die stomme wedstrijd voor niets verloren!' riep ze. De bruine kloddders vlogen in het rond. Puck wist van gekkigheid niet waar hij moest beginnen met likken.

Om een uur of zeven reden we naar huis.

(We hadden met de mobiel van tante Corrie naar huis gebeld dat we later zouden komen.)

Tante Corrie zwaaide ons uit bij de slagboom. 'Tot morgen, Bones!'

'Als we dan tenminste nog op vrije voeten zijn,' zei Idris bedroefd.

Daar moest tante Corrie zo hard om lachen dat de beheerder kwam kijken wat er aan de hand was. 'Goed werk, jongelui! Ze buldert weer.'

Het was stil op straat, we konden gewoon over de weg schaatsen. Ik reed naast Idris.

'We kunnen ook doen alsóf we bij de politie zijn geweest,' zei hij. 'En dan zeggen we dat we een waarschuwing hebben gehad. Ik bedoel, wie merkt dat nou?'

Ik dacht erover na. Als tante Corrie daarachter kwam, waren we haar kwijt. Echt, voor eeuwig en altijd. En zonder tante Corrie zijn wij net een stelletje Dakota's.

'Nee,' zei ik dus. 'Ik wil het vertellen.'

'Jordan Blaak, je bent een bangeschijter!' riep hij.

Dat is hij zelf, maar ja.

We waren inmiddels aangekomen bij de bushalte van Roel.

'Gaan jullie het thuis zeggen?' vroeg ik.

Kit en Idris moesten lachen, zo'n domme vraag vonden ze het.

'Ik wel,' zei Gloria.

Roel knikte.

En ik twijfelde.

Dat deed ik nog steeds toen ik thuiskwam. Mijn vader en moeder zaten televisie te kijken.

'Was het leuk?' vroeg mijn vader.

'Ja, best wel,' antwoordde ik.

'Mooi zo,' zei mijn vader.

Mijn moeder zette de tv zacht. 'Vraag toch eens wat meer aan die jongen! Jullie moeten meer contact met elkaar hebben.'

Had ze zó'n bui.

'Jij praat ook zo weinig. Je gaat steeds meer op die keeper van jullie lijken,' zei ze tegen mij.

Mijn vader gaf me een knipoog.

'We hebben gebarbecued,' vertelde ik dus maar.

'Goh, en was het leuk?' vroeg mijn vader.

'Ja, best wel,' antwoordde ik.

'Mooi zo,' zei mijn vader.

We moesten allebei lachen.

Mijn moeder zuchtte diep en zette de tv weer harder.

7

Levensgevaarlijke criminelen doen aangifte van een ernstig misdrijf.

Zodra we verteld hadden wat er gebeurd was, werden we in de handboeien geslagen en in een kale cel gegooid.

Maar niet heus.

Het stelde zo weinig voor! Eerst moesten we heel lang wachten. Toen kwam er een piepjong agentje, ik denk de hulp van de hulp van de hulpagent. Aan hem moesten we alles vertellen. Hij keek ons niet aan, maar zat alleen maar te schrijven.

'O ja,' zei hij uiteindelijk. 'Dat was dat brandje in de krantenloods.'

'Nou, brandJE! Het was anders een behoorlijke fik!' riep Idris, die namelijk niet helemaal goed bij zijn hoofd is.

Toen moest die agent onze telefoonnummers en adressen hebben en daarna mochten we weer gaan.

'Jullie horen nog van ons,' zei hij.

We waren bijna teleurgesteld.

'Zie je nou wel, stelletje oelewappers!' riep tante Corrie een kwartiertje later. 'Nou huppetee, aan de slag met jullie vrije voeten. Twintig rondjes met stick en bal. En denk erom: voortaan hoor ik dit soort dingen meteen, anders is het echt uit met de pret.'

Wij hadden ons al omgedraaid, maar Gloria bleef staan. 'Eén van ons wil nog iets vertellen,' zei ze. 'Over een soort weddenschap met een Dakota-vader.'

'Diegene beslist zelf wel wanneer hij het vertelt!' riep Idris.

'O ja?' zei Kit. 'Diegene loopt alleen maar domme dingen te doen. En wie moeten het steeds voor diegene opknappen?'

'Wij,' zei ik.

'Waar bemoei jij je nou weer mee?' (vroeg diegene.)

Ja hoor! Zij kletsen uren in de ruimte en als ik een keer iets zeg, vragen ze waar ik me mee bemoei.

Roel zat te grinniken, terwijl hij Puck in zijn armbeschermers liet bijten.

'Pas op, hij bijt ze stuk!' zei Idris. 'Hoe kleiner de hond, hoe scherper zijn tanden, weet je.'

Hij dacht zeker: ander onderwerp, ander onderwerp.

'Idris, ik wacht,' zei tante Corrie dreigend.

En toen vertelde Idris dat die Dakota-vader hem had uitgedaagd.

'... en het goede nieuws is dus: als we winnen, betaalt hij zes maanden zaalhuur voor ons,' eindigde hij.

Hij liet zijn bal een paar keer stuiteren. 'Dat was het. Twintig rondjes, zei u toch?'

'En het slechte nieuws?' vroeg tante Corrie.

'O ja, als we verliezen, dan zijn we dus eigenlijk de Postzegel kwijt.'

We keken allemaal naar tante Corrie. Ze dacht na terwijl ze op haar tong kauwde.

'Kijk, het zit zo, ik bedoel…' begon Idris.

'Hou je mond even, Idris,' zei Gloria.

Hij deed het nog ook.

'Nou ja, er zit maar één ding op,' zei tante Corrie uiteindelijk.

Idris knikte. 'Afbellen.'

'Ben jij belazerd?' riep tante Corrie uit. 'Winnen, natuurlijk. Wat staan jullie hier nog te doen?'

Er was niets meer over van onze sloomheid. We waren weer goed, we waren weer beter, we waren weer BONES!

Als op hol geslagen paarden reden we twintig rondjes: kop in de wind en keihard! Daarna nog tien rondjes achteruit. (Wij gaan achteruit net zo hard als de Dakota's vooruit.)

Toen remtraining, pootje over, stick-oefeningen en uiteindelijk nog een potje twee tegen twee met Roel op doel.

Om kwart voor zes blies tante Corrie op de fluit. Ik kon haast niet meer praten van het hijgen, maar ik voelde me heerlijk!

'Oei oei, die Dakota's gaan balen, man,' zei Kit genietend.

'Hoe gaat het nu verder?' vroeg Gloria aan Idris. 'Moet jij die vader opbellen om alles af te spreken?'

Idris schudde zijn hoofd. Hij had eindelijk zijn helm weer eens afgedaan. Gloria had hem best goed geknipt. Zijn hoofd leek op een vers gemaaid grasveldje.

'Eén augustus, veertien uur, alhier,' zei hij.

'Heb jij alles al helemaal afgesproken?' vroeg ik verontwaardigd.

'Met je "alhier"!' riep Kit met een vies gezicht.

Idris knikte trots, alsof hij een compliment had gekregen. 'Alles pico bello geregeld.'

'Eigenlijk ben je een ettertje, Idris,' zei Gloria.

'Hé, hé, hé!' riep tante Corrie. (Alsof zij zo netjes praat.) 'Eén augustus, nog acht dagen. Gaat er iemand van jullie op vakantie?' vroeg ze.

Nee, niemand.

Mijn vader heeft in de zomer veel werk vanwege alle toeristen, daarom blijven we altijd thuis. Ik vind het niet erg, want de andere Bones gaan ook nooit weg. Gloria omdat haar ouders het te duur vinden, geloof ik. Kit omdat haar vader vaak ziek is, Roel omdat... nou ja, weet ik veel. Bones blijven thuis om te trainen, punt uit!

'Maar de Dakota's gaan toch wel weg? Die gaan toch op wintersport en zo?' vroeg ik.

'Ja hoor! Op wintersport in augustus!' riep Kit.

Zij dacht weer dat ze slim was.

'Ik bedoel natuurlijk...'

'Niet kibbelen!' riep tante Corrie. 'Morgen om negen uur hier verzamelen, we gaan een tocht maken.'

Na de training reed ik naar de winkel van mijn vader. Hij was al aan het opruimen.

'Was het leuk?' vroeg hij.

'Ja, best wel,' antwoordde ik.

'Mooi zo.' Met een vochtig doekje wreef hij over de glasplaat van de toonbank.

'Hé pap, weet je nog...'

Hij keek op, terwijl hij door bleef wrijven.

'Van die eh...'

Piep, piep, deed zijn doekje.

Eén, twee, hup! dacht ik.

'Er was toch brand in de krantenopslagloods? Dat hebben

wij gedaan, per ongeluk en we zijn al naar de politie geweest, vanmorgen, en die zeiden dat we er nog van zullen horen.'

Ziezo, dat was eruit.

Mijn vader bleef poetsen. Je zag het glas al niet meer, zo schoon was het. 'Jij en Tom?' vroeg hij.

'Neehee!' riep ik. 'Wij, de Rolling Bones!'

'Oooo!' Hij was duidelijk opgelucht.

Gek hè? Als je het slim aanpakt, kun je van slecht nieuws goed nieuws maken.

Hij vroeg nog hoe het precies gegaan was en wat tante Corrie ervan vond. En toen we de winkel uitliepen keek hij even om zich heen en vroeg toen: 'Heb je er een foto van gemaakt?'

Ik knikte. 'Maar ik heb hem weer gewist.'

Hij draaide de deur op slot. 'Jammer,' zei hij zacht.

8

De volgende dag maakten we een lange tocht. Dat doen we wel vaker, goed voor de conditie. Tante Corrie tuft dan voor ons uit met Puck in het mandje en als een groepje ganzen volgen wij haar.

Vandaag ging Roel na elk kwartier even bij tante Corrie achterop. We reden ver, hoor! Wel dertig kilometer. Eerst de stad uit, langs de vaart naar het industrieterrein. Daarna… nou ja, wat maakt het eigenlijk uit. Gewoon: een dagtocht.

Om vijf uur waren we terug. Bekaf zaten we op ons bankje. Tante Corrie was al afgeslagen bij de camping.

En toen gebeurde er iets heerlijks. Kijk, wie eraan kwam:

Hare Majesteit op de scooter.

'Hé, daar hebben we de topscoorder!' zei Idris.

Joachim zette zijn scooter uit en leunde met zijn armen op het stuur.

Wat had ik een ont-zét-ten-de hekel aan die jongen, zeg!

'Je hebt hier niets te zoe-ken, donder op!' riep Kit.

'Ik kom alvast even naar ons pleintje kijken,' zei Joachim.

'Wat?' Gloria keek hem half lachend en half verbaasd aan.

'Ze denken dat ze gaan winnen!' riep Kit.

Wij begonnen te joelen en te juichen.

'*Tien-nul, tien-nuhul, tien-nul, tien-nul,*' zong Idris.

'Daar zou ik maar niet op rekenen, als ik jullie was,' zei Joachim.

Wat was hij nu weer van plan?

'Eén-nul voor ons,' zei Joachim. 'Je hebt je helm wel terug, maar ik kan nog altijd naar de politie stappen om alles te vertellen.'

Ik geloofde mijn eigen oren niet. Wat een gluiperig ratje!

Toen begon Roel te lachen. Ik hoorde het niet, maar ik zag het.

(Je raadt het zeker al, hij lacht in stilte. Alleen bij het inademen maakt hij een soort zeehondengeluid.)

Wij deden meteen mee. Keihard. Ik plaste bijna in mijn broek, eerlijk waar.

Joachim probeerde zo stoer mogelijk voor zich uit te kijken, maar ik zag dat rare trillinkje bij zijn mond weer.

'We zijn allang zelf naar de politie geweest, sukkel!' riep Idris.

Oei, wat een afgang! Heeeeerlijk!

Joachim startte zijn scootertje. 'Nou en?' Hij probeerde nog te steigeren, maar zelfs dat mislukte.

HA, HA en nog eens HA!

Toen draaide hij over het pad en reed weg.

Wij zongen een speciaal afscheidslied voor hem:

'*De Rolling Bones gaan nóóóóit verloren.*

Knoop dat in je oren,

van achter en van voren.'

Toen we echt uitgelachen waren (ongeveer honderd uur later) zei Gloria tegen Idris: 'Je had het niet moeten zeggen. Dat was helemaal leuk geweest. Dan dachten zij dat we ze weer lieten winnen, en dan: tien-nul!'

Ik wist zeker dat Idris daar geen seconde aan gedacht had, maar hij zei: 'Vond ik niet eerlijk om te doen, weet je.'

Tsss!

Kit dook boven op hem, gevolgd door Gloria en Roel. Ik heb razendsnel mijn toestel met de zelfontspanner op de bank gezet en ben er daarna ook op gesprongen.

De Beroemde Bones Berg:

Het leek zo leuk allemaal. Maar twee dagen later stortte onze wereld in.

'Bones, luister! Voordat we gaan sluiten, heb ik nog een mededeling.'

De training zat erop. Wij hingen bekaf op de bank, tante Corrie liep heen en weer als een commandant bij het leger.

'Ik heb een brief gekregen…'

'Nee hè, niet wéér zo'n Dakota-geintje!' riep Kit.

Tante Corrie schudde haar hoofd en vouwde de brief open. 'Bla, bla, bla… dat wij Catherina Goossens uitnodigen om mee te spelen in Jong Oranje.' Ze keek ons vol verwachting aan, maar het zei me helemaal niets.

'Goh, dat is niet mis, tante Corrie!' zei Idris, die het heus ook niet snapte.

'Mooi werk, Kit,' zei tante Corrie.

Kit?

'Leg nou eens even uit!' riep Gloria.

Kit zelf snapte er duidelijk ook niks van.

'Ze is ontdekt,' zei tante Corrie. 'Onze eigenste Kit mag meespelen in het nationale team.'

… drie, vier, vijf seconden stilte.

Toen zei Kit: 'Wlurm,' of iets wat daarop leek.

'KITJE!' Gloria sprong overeind en drukte Kit zo hard tegen zich aan dat die helaas ter plekke overleed aan de verstikkingsdood. Jammer, hè? Zo vlak voor haar grote doorbraak…

Nee, hoor.

'Gefeliciteerd Kit!' zei Roel.

'Goed joh!' zei ik.

Idris knikte.

En toen viel eindelijk het muntje bij Kit. Ze sprong overeind, haar gezicht was knalrood geworden. Ze schreeuwde, nee, krijste over de Postzegel: 'IK BEN ONTDEKT!' Ze ging dansen, springen, huppelen, zingen, rondjes draaien, en dat allemaal op skates.

Puck dacht waarschijnlijk: wat jij kan, kan ik ook. Dus die dribbelde keffend met haar mee.

'IK BEN ONTDEKT, IK BEN ONTDEKT!' Kit bleef het maar roepen.

Tante Corrie stond te lachen, met haar armen over elkaar. Gloria huilde, maar wel met een lachend gezicht. (Echt een meisjestruc.) Roel keek ook heel blij.

'Kijk, het is dus een kwestie van puur geluk hebben,' zei

Idris zacht tegen mij. 'Als ik toen het kortste takje had getrokken, had ík mogen scoren tegen de Dakota's. En dan had die scout mij uitgekozen. Snap je?'

Bah, flauw! Hij kon toch doen alsóf hij het leuk vond? Dat deed ik toch zeker ook? Natuurlijk had ik er diep vanbinnen zwaar de pest over in. Want a: ik wilde ook wel ontdekt worden. En b: hoe moest het nu verder met de Rolling Bones; ging Kit dan bij ons weg?

Na een kwartier was Kit een heel klein beetje tot rust gekomen. Toen vertelde tante Corrie alles wat er in de brief stond. Het was inderdaad de scout geweest die toen bij de Dakota-wedstrijd was. Hij had dus toch gezien hoe goed Kit was. Ondanks ons geklungel.

'Jong Oranje, dat is het nationale team!' zei Gloria.

(Ik geloof dat zij écht blij was voor Kit. Zo iemand is zij wel.)

'Je zult wel heel erg veranderen, Catherina,' zei Idris.

'Als je me nog één keer zo noemt, duw ik je kop in je kont!' riep Kit.

Tante Corrie fronste haar wenkbrauwen. 'Ik ben bang dat Kit gewoon de oude zal blijven.'

'Je kunt natuurlijk ook gewoon weigeren, snap je?' zei Idris.

'Ja, maar ze zal wel gek zijn als ze dat doet!' riep ik. 'Het is haar hartendroom!'

Tante Corrie knikte. 'Precies.'

'En u hebt Kit groot gemaakt,' zei Gloria.

'Ben je mal,' antwoordde tante Corrie. 'Kit is groot geboren.'

'Nou, nou, ze is alleen nog maar uitgenodigd, hoor,' zei Idris.

Gloria duwde hem met één stoot van het bankje af.

'Maar wat gaat er nu verder gebeuren?' vroeg ik.

'Nou, wat dacht je?' antwoordde tante Corrie. 'Kit gaat natuurlijk bij Jong Oranje trainen.'

Kit stond alweer te dansen. 'Overdag met jullie, en 's avonds met Jong Oranje! Lekker veel, lekker veel, lekker veel!'

'Dat dacht ik toch niet, jongedame.' Tante Corrie pakte de brief erbij. 'Vakantierooster van Jong Oranje: elke dag van negen tot vijf trainen. Zondag vrij. Zeg maar dag met je handje tegen de Rolling Bones.'

Heb je wel eens meegemaakt dat op een feestje de stroom uitvalt? De muziek houdt op, het licht gaat uit, de mensen stoppen met dansen...

Zo ging het op dat moment. Niemand zei meer iets. Kit stond stokstijf stil, wat heel bijzonder voor haar is, zelfs Puck ging voorzichtig zitten.

'Ik wil bij jullie blijven,' piepte Kit uiteindelijk.

Andere trainers zouden nu heel lang praten over talent en keuzes maken en dat het leven nu eenmaal wauweldewauwel...

Tante Corrie niet. Die zei: 'Denk je soms dat ik het leuk vind? Hup, spring maar achterop. We gaan het aan je ouders vertellen.'

'Wie zegt dan dat ik het doe?' riep Kit.

'Ik.' Tante Corrie tilde Puck in haar fietsmandje en startte. 'Bones, tot morgen.'

9

Zodra ze weg waren, ploften we weer neer op de bank.

Gloria zuchtte diep. 'Ik mis haar nu al,' zei ze.

Dat vond ik overdreven. Maar ik zei niks, want dan was het natuurlijk weer snif, snif geblazen.

'Bestaan wij nog wel?' vroeg ik na een tijdje.

'Ja, dat zou even lekker wezen,' riep Idris. 'Kit is alleen maar Kit, hoor! We zoeken een nieuwe vijfde man en we gaan gewoon door.'

'Of vrouw,' zei Gloria.

Ik dacht na of ik iemand wist. Ik wil niet opscheppen, maar de Rolling Bones zijn echt goed. Wie kon er nou zomaar op ons niveau meespelen? En wie, o wie kon Kit vervangen?

'Misschien iemand van een andere club,' zei ik. 'Brian van de Boemerangs, misschien?'

'Of een Dakota!' riep Idris.

We moesten allemaal lachen.

'Kan de wedstrijd van één augustus nu wel doorgaan?' vroeg Gloria toen.

We dachten allemaal van wel. Kit kon toch gewoon met ons meespelen tegen de Dakota's?

Fout gedacht.

De volgende dag was Kits laatste dag bij ons. Ze had die vorige avond meteen naar de scout gebeld om te zeggen dat ze het deed. En ze moest zo snel mogelijk beginnen. We zouden volgende week een afscheidsmiddag houden, zodat ook het bestuur haar kon komen feliciteren. En ons condoleren.

'Ik word elke ochtend thuis opgehaald met een speciale taxi,' vertelde ze. Ze probeerde zo gewoon mogelijk te doen, maar ze gaf bijna licht, zo blij was ze.

'Ze heeft nu al kapsones,' zei Idris zacht. (Maar hard genoeg.)

'Idris, hou eens op!' zei Gloria.

Tante Corrie begon gewoon met de training. 'Ik wil graag twintig rondjes zijwaarts, met stick en bal,' zei ze.

Kit begon meteen.

'Hé, uitslover. Wij wachten altijd even op elkaar, weet je!' riep Idris.

Kit remde.

(Zij kan fantastisch remmen. Je hoort echt *ieieieie*, zoals bij een slippende auto.)

Ze draaide zich om, reed naar Idris en gaf hem een kei- en keiharde skate-schop tegen zijn scheenbeen. Hij schreeuwde het uit.

'Kit, op de bank,' zei tante Corrie rustig (maar niet heus).

Kit doet álles voor tante Corrie. Op school luistert ze voor geen meter, ze staat de helft van de tijd op de gang en de andere helft in de hoek. Maar naar tante Corrie luistert ze altijd.

Behalve nu.

Ze schudde haar hoofd en bleef stokstijf staan.

'Owow,' jammerde Idris.

'Kit, ik zeg het nog één keer: op de bank!' zei tante Corrie dreigend.

Ik zag hoe snel Kit ademde. Ze keek in de verte met pik-zwarte ogen en schudde nog eens van nee.

'Zeg dan waarom je het deed,' zei Roel. 'Je moet praten, anders snapt ze het niet.'

Grappige tekst uit Roels mond, hè? Niet dat ik er toen om moest lachen, hoor. Later pas.

Kit keek heel even naar Roel. Toen wees ze naar Idris. 'Hij

zegt dat ik kapsones heb en dat ik een uitslover ben. Ik vind het echt erg dat ik weg moet van de Bones en van u en van Puck en van het bestuur. En toch wil ik het hartstikke graag, maar als hij dat soort dingen zegt, durf ik het niet hartstikke graag te willen.'

Tante Corrie knikte langzaam, toen zei ze: 'Idris, op de bank.'

'Wat?' riep Idris.

'Je hebt me gehoord. Bones, twintig rondjes zijwaarts, met stick en bal.'

Twintig rondjes zijwaarts, dat valt echt niet mee. Vooral niet als je eigenlijk wilt horen wat er op het bankje gebeurt.

Kijk:

Na tien rondjes werden we geroepen. 'Bones, op de bank!'

Idris zat op het uiterste randje. Ik kon niet zien wat er in hem omging.

'Luisterrr!' Tante Corrie zette haar stoere stem op. 'De vraag is: wat staat ons te doen? Het antwoord is: we moeten als de wiedeweerga een nieuwe speler zoekennn!'

'Maar waar…' begon Gloria.

'Kan me niet schelen. Jullie gaan op pad. Posters maken en ophangen. Morgen om negen uur wil ik hier minstens drie nieuwe koppen op de bank zien. Ik beslis wie de nieuwe speler wordt.' Ze keek naar Idris. 'En nu wil onze aanvoerder graag iets zeggen.'

(Als Idris dit verhaal had geschreven, zou dit de eerste regel zijn:

Mijn naam is Idris. Ik ben de aanvoerder van de Rolling Bones.

Maar ja, ik heb het geschreven, dus ik vertel het nu pas: Idris is onze aanvoerder.)

Idris ging voor Kit staan. (Hij hinkte een beetje.) Zijn ogen zeiden: 'Ik haat je omdat jij bent uitgekozen en niet ik.'

Maar zijn mond zei: 'Gefeliciteerd met jeweetwel. En succes verder.'

'Ik jou ook,' zeiden Kits ogen. Maar haar mond mompelde: 'Bedankt.'

Tante Corrie blies op haar fluit. 'Einde training.'

Deze hebben we gemaakt, in de winkel van mijn vader. Steeds als er een klant kwam, moesten we even naar het achterkamertje.

'Anders is er te veel herrie,' zei mijn vader.

Dat klopte dus niet. We waren juist heel stil! Het leek wel alsof we iemands begrafenis aan het voorbereiden waren. Alleen was het gekke dat diegene er gewoon bij was! Steeds als ik naar Kit keek, voelde ik een akelig steekje in mijn buik.

Tot overmaat van ramp maakte mijn vader allemaal foute opmerkingen:

'Zeg Kit, mag ik straks je handtekening?'

'Zijn jullie nou trots op haar?'

'Zo'n kanjer als Kit vind je natuurlijk nóóit meer!'

Lieve God, dacht ik. Mag ik alstublieft zo snel mogelijk door een luikje in de grond zakken? Ik óf mijn vader...

Toen we klaar waren, heeft mijn vader het papier vijftig keer gekopieerd. Toen zijn we gaan plakken. In de sporthal, bij de stuntbaan, op scholen en af en toe gewoon aan een lantaarnpaal.

Een gloednieuwe Rolling Bone...

Ik keek naar Kit en dacht precies hetzelfde als Gloria: ik mis haar nu al.

10

Ons werk werd beloond. Dit zat er de volgende dag (de eerste Kit-loze dag) om tien uur op de bank:

'Mensen luister!' Tante Corrie stond wijdbeens voor ons. 'Hoe gaan we het aanpakkennn?'

Tante Corrie geeft altijd zelf antwoord op haar vragen, maar dat wisten die nieuwen natuurlijk nog niet.

'We spelen een wedstrijd en u zegt wie de beste is,' zei het donkere meisje.

De moeder stak snel haar vinger op. 'Ik wil in ieder geval vast zeggen dat Brandon nooit op zondag kan oefenen.'

'Trainen heet dat,' zei het meisje.

'Ik kan wel op zondagen, alleen liever niet zo vroeg,' zei het blonde meisje.

'Bijt hij?' vroeg het jongetje terwijl hij naar Puck wees.

Het donkere meisje stond op. 'Ik begin wel met teams kiezen,' zei ze. 'Ik kies hem.' (Ze wees naar mij!) 'Nou jij één,' zei ze tegen die blonde.

Wij zaten sprakeloos toe te kijken, ook tante Corrie.

'Doe haar maar,' zei het blonde meisje meteen, terwijl ze naar Gloria wees. 'Even gezellig de meiden bij elkaar. Moet ik ook zo'n helm op? Nee toch, hoop ik?'

'Brandon wel!' riep Brandons moeder. 'Ik wil absoluut niet dat Brandon...'

'STILTE!'

'Goed zo, tante Corrie,' fluisterde Gloria.

Het werkte. Eventjes.

'Oké, ik ben,' ging het eerste meisje verder. 'Dan kies ik... even kijken...'

Pfff, ik werd gek van die lui.

Uiteindelijk kreeg tante Corrie hen zover dat ze hun mond hielden. Het donkere meisje heette Sonja, zij moest beginnen.

'Ik wil graag vier rondjes van je zien,' zei tante Corrie. 'Met de klok mee.'

'Ik ga liever tegen de klok in,' zei Sonja.

Tante Corrie ademde heel, héél diep in, maar zei niets.

Sonja begon. Ze was best goed. Geen verlies van snelheid in de bochten, goede slag.

'Keurig. Rondje zijwaarts, graag!' riep tante Corrie.

'Ik doe eerst even een rondje achteruit,' antwoordde Sonja.

'Kijk, kijk! Tante Corrie gaat exploderen,' fluisterde Idris.

Maar tante Corrie sloeg haar armen over elkaar en zweeg.

Achteruit kon Sonja ook wel goed, alleen zakte ze niet ver genoeg door haar knieën.

Toen kwam ze naar de bank om haar stick te pakken. 'Ga maar op doel,' zei ze tegen Roel. 'Dan doe ik even wat penalty's.'

Wat een troela!

Gelukkig, tante Corrie greep in. 'Jongedame, daar is de uitgang. Je mag terugkomen wanneer je kunt luisteren naar de trainer in plaats van naar jezelf. Gegroet!'

Sonja keek één seconde stomverbaasd, toen haalde ze haar schouders op.

'Ik beslis zelf wel naar wie ik luister,' zei ze.

'Ophoepelen!' riep Idris.

Toen moest die Brandon.

'Vier rondjes met de klok mee,' zei tante Corrie.

'Toe maar, Bran.' Zijn moeder stond meteen op. 'Dat kun je, dat hebben we geoefend.'

Ik dacht even dat zijn moeder zou gaan meerennen, maar dat viel mee.

'Net een hond die voor het eerst op zijn achterpoten loopt,' zei Idris zacht.

We moesten lachen, want het klopte precies. Brandon reed heel wiebelig en bij de bochten stopte hij. Dan liep hij voorzichtig tot hij gedraaid was, en daarna wankelde hij weer verder.

'Prima, Bran!' riep zijn moeder.

We keken naar tante Corrie. Hoe ging ze dit aanpakken?

'Brandon, je moet op skate-les,' zei ze. 'Zonder je moeder.'

Ai! Tante Corrie zegt nooit: 'Je deed wel goed je best, maar misschien kun je nog ietsjepietsje beter leren skaten.' Of zoiets. Nou ja, ze was wel duidelijk.

Op de volgende bladzij zie je hoe ze weggingen.

Toen was het jongetje aan de beurt, Sammy heette hij. Hij leek op Pietje Bell en hij was volgens mij nog jonger dan mijn broertje.

Zodra tante Corrie hem aankeek, sprong hij overeind en begon aan zijn rondjes. Hij viel al snel, maar hij krabbelde meteen weer overeind. Hij schaatste heel slordig en woest, en toch ging hij best hard. Boing, daar ging hij weer onderuit. Au, pijnlijk! Maar hij stond gauw op en hup, daar reed hij weer. Het leek eerder een gevecht dan een rondje schaatsen.

'Wat een schatje,' zei Gloria dromerig.

Idris zat te grinniken. 'Met een blauw gatje. Hupla, daar gaat hij weer!'

'Sammy, kun je ook achteruit?' vroeg tante Corrie.

'Ja hoor!' Beng, daar lag hij alweer. Gauw opstaan... Ja, hij kon een stukje achteruit.

Tante Corrie blies op haar fluitje. 'Je bent te jong, jochie,' zei ze.

Sammy keek heel beteuterd. 'Maar thuis ben ik de oudste!' riep hij.

Wij moesten lachen. Ah, zielig eigenlijk.

'Mag ik dan wel naar jullie kijken?' vroeg Sammy.

'Kijken kan altijd,' antwoordde tante Corrie.

Toen de laatste, ze heette Lila.

Lachend stond ze op. 'Nou jongens, daar gaat-ie dan!'

'Helm op,' zei tante Corrie.

'Hier, neem de mijne maar,' zei Idris.

(Volgens mij vond hij haar wel leuk.)

Ze zette de helm op en friemelde wat in haar broekzak. Ineens hoorden we zo'n *tsjk-tsjk-tsjk* geluid: haar discman!

'Dat ding uitzetten, anders hoor je mij niet!' riep tante Corrie meteen, maar dat hoorde Lila dus niet.

Tante Corrie blies nog eens op haar fluit, maar Lila reed vrolijk weg.

Ze reed wel goed, maar het leek net of ik naar een videoclip zat te kijken. Af en toe zwaaide ze naar ons. Echt zo'n meid. Gloria zwaaide nog terug ook.

Rondje zijwaarts ging ook wel, achteruit kon ze zelfs goed. Alleen was het allemaal zo swingend, zo popsterachtig.

'Poeh, poeh.' Ze ging weer zitten en zette haar discman uit. 'Ging wel lekker, hè?'

'Met die muziek aan kun je tante Corrie toch niet horen, gek!' zei Idris.

'O, moest dat dan?' Lila keek stralend naar tante Corrie. 'Sorry hoor, Cor! Ik dacht dat ik gewoon maar wat moest skaten.'

Cor! Je moet maar lef hebben. Ik dacht nog: het is goed dat ze een helm op heeft, want tante Corrie gaat haar nu over het hek gooien. Maar nee.

'Laat maar eens zien hoe je met de stick bent,' zei tante Corrie.

237

Kijk, zo hield Lila de stick vast:

Snap je dat we zo langzamerhand wanhopig werden?

'Waar vinden we nou toch een vijfde speler?' vroeg Idris, terwijl we met kromme tenen naar het gestuntel van Lila keken.

'Oepsie!' riep ze steeds als ze missloeg.

'We moeten haar maar aannemen,' zei Roel. 'Dan spelen we tegen de Dakota's met zijn vijven, maar dus eigenlijk met zijn vieren.'

Iedereen dacht na.

Tante Corrie knikte. 'Ik denk inderdaad dat dat de enige oplossing is.'

'Maar zij schaatst in de weg met dat gedans,' zei ik.

'Oepsie, weer mis!' hoorden we Lila roepen. 'Waarom maken ze die ballen niet wat groter!'

We keken zwijgend toe. Ik weet zeker dat we allemaal aan Kit dachten.

'Jullie kunnen mij beter nemen,' zei Sammy toen. 'Ik kan heel goed níet in de weg lopen!'

Hijgend kwam Lila naar de kant. 'Dit is niks voor mij, hoor! Dat gepiel met zo'n balletje, ik word er helemaal kierewiet van.' Ze deed de helm af en gaf hem terug aan Idris. 'Ziezo, kunnen mijn luizen ook weer vrij ademen.' Ze moest er zelf hard om lachen. 'Kijk hem schrikken. Grapje, hoor! Hé, de mazzel met zijn allen, doei!'

Weg reed ze, nee, danste ze.

Idris zat zo onopvallend mogelijk in zijn helm te loeren.

Ik wees. 'Daar zit er één.'

'Op heel kleine rolschaatsjes,' zei Gloria. 'Hij danst!'

'Ha ha,' zei Idris, maar hij zette mooi zijn helm niet op.

Tante Corrie klapte in haar handen. 'Bones, luister. In de wedstrijd tegen de Dakota's is Sammy onze vijfde speler.'

'Jippie!' Sammy sprong op en boing, daar lag hij alweer.

Ik kreeg het ineens benauwd. Was dit wel slim? Niemand op de reservebank en één speler die voor spek en bonen meedeed. Ik keek om me heen naar de Postzegel, ónze Postzegel…

'Kunnen we niet beter afzeggen?' vroeg ik voorzichtig.

Roel en Gloria knikten.

'Afzeggen is verliezen,' zei tante Corrie beslist. 'Bones, niet bang zijn! Er is niets aan de hand. De Dakota's zijn nog steeds kansloos.'

11

De rest van de dag zeiden we niet veel meer. We trainden hard, nee, keihard.

De vader van Sammy kwam langs om te kijken hoe het ging. Maar hij riep steeds 'AU!' als Sammy viel, en dat was nogal vaak, dus tante Corrie vroeg of hij (die vader dus) weer wilde vertrekken.

Daarna kwam meneer Admiraal even op de bank zitten, maar toen hij hoorde dat Sammy de vijfde speler zou worden, ging hij vrij snel weer weg.

(Hij mag zich niet te veel opwinden, want hij heeft een zwak hart.)

We vergaten onze middagboterhammen, we vergaten zelfs tussendoor te drinken, ook al liep het zweet er met liters uit.

Toen tante Corrie om kwart voor zes op haar fluit blies vielen we als bowlingkegels op de grond.

Ik had het zo bloedheet dat ik dacht dat de stenen onder me zouden smelten.

'Niet te lang blijven liggen, anders vat je kou!' riep tante Corrie.

Idris kreunde. 'Kou, mmmm, kou…'

Ik dacht: tante Corrie heeft gelijk. Met zijn vieren zijn we nog altijd beter dan alle Dakota's bij elkaar. De Postzegel blijft van ons en we kunnen lekker de hele winter doortrainen.

Sammy hielp Roel met het opruimen van de doelen. Hij

kletste aan één stuk door; na elke zin zei hij: 'Toch Roel?'

En dan knikte Roel.

Ik besloot mijn vader op te gaan halen. Toen ik bijna bij de winkel was, zag ik Brian.

Brian speelt bij de Boemerangs, die zijn net zo goed als wij. (Eerlijk is eerlijk.)

Hij stak zijn hand op. 'Alles goed?'

Ik knikte. 'Wat hebben jullie tegen Blauw-Wit gedaan?'

'Zes-drie,' antwoordde hij.

'Gefeliciteerd.'

Hij knikte en we liepen door.

'Tot zaterdag,' zei hij nog.

Ik was verbaasd dat hij ervanaf wist.

'Kom je dan kijken?' vroeg ik.

'Ja, want Ed speelt mee,' antwoordde hij. 'De Dakota's hebben gevraagd of hij één wedstrijd wil invallen. Die lui betalen vet, zeg!' Hij stak zijn hand weer op en verdween.

WAT?

Ed is topscoorder van de Boemerangs. Ze noemen hem 'het kanon' omdat hij zo snoeihard kan schieten.

Zo hard als ik kon reed ik naar huis om Idris te bellen. Oei, wat was die kwaad!

Ik moest de hoorn een stukje van mijn hoofd afhouden, zo erg ging hij tekeer.

'Die lui denken dat ze slim zijn, weet je!' riep hij steeds.

Ze zijn ook slim, dacht ik. En rijk, en onsportief.

'Morgen om negen uur spoedvergadering,' zei Idris. 'Ik bel de rest wel.'

'Gaan jullie maar eens kijken wat die yuppen precies van plan zijn,' had tante Corrie tegen Idris gezegd. 'Ik kom om elf uur naar de Postzegel.'

Kijk, zo reden we naar de sporthal.

Er stonden vier grote Dakota-wagens op de parkeerplaats. We reden meteen door naar de zijkant, daar kun je goed spioneren.

'Nee, ze zijn er niet,' zei Idris, met zijn neus tegen het raampje gedrukt. 'Er is een andere skate-hockeyploeg bezig.'

'Wie dan?' vroeg Gloria.

Ik duwde Idris een stukje opzij en keek. Ze droegen witte shirts, dus daar kon je ze niet aan herkennen. 'Daar is Winston van de Panters, het zijn de Panters!'

'Mag ik kijken, mag ik kijken?' vroeg Sammy.

'Nee hoor, het zijn de Boemerangs,' zei Idris. 'Want ik zie Ed van de Boemerangs, het is... het zijn...'

'Maar die keeper is van Blauw-Wit!' riep ik. 'Dat weet ik zeker, ik herken zijn helm.'

'Mag ik zien? Mag ik erbij?' vroeg Sammy.

Gloria had zich er ook tussen gewrongen. 'Nee jongens, het zijn gewoon de Dakota's. Kijk maar, het is hun trainer.'

'De Dakota's hebben speciaal voor zaterdag een nieuw team gemaakt. Vijf ingehuurde topspelers in het veld en alle Dakota's op de reservebank.'

Dat was Roel.

Met open mond keken we hem aan.

Sammy kon ondertussen eindelijk door het ruitje kijken. 'Wow, dit zijn pas écht grote jongens.' Hij zuchtte diep.

Als wij kwaad zijn, krijgen we turbowieltjes. De terugweg ging twee keer zo snel als de heenweg.

Tante Corrie zat al op ons te wachten, met haar dikke billen op het kleine krukje. We vertelden allemaal tegelijk wat we gezien hadden. (Nou ja, bijna allemaal.)

Met haar armen over elkaar zat ze te luisteren. Toen knikte ze langzaam. 'Ja ja,' zei ze. 'Dus zo gaan zij het spelen.'

'Brian zei dat ze vet betalen,' vertelde ik.

'Dat is niet eerlijk!' riep Gloria. 'Je mag toch geen anderen voor je laten spelen? Tante Corrie, we kunnen toch weigeren?'

Tante Corrie wees op Sammy. 'En wat doen wij dan?'

Een kleutertje, een spek en boontje! Dat kon je toch niet vergelijken met vijf bomen van kerels?

'Sam is toch vast bij ons?' vroeg ik.

'Het principe is hetzelfde,' zei Idris.

Ik had ineens zo de pest aan hem met zijn dure woorden. 'Ach man, hoepel toch op met je principe!' riep ik. 'Door jou raken we de Postzegel kwijt!'

Idris stond langzaam op. 'Zeg dat nog eens?' vroeg hij zogenaamd vriendelijk.

'Ach man, hoepel toch…' begon ik.

'OPHOUDEN!' brulde tante Corrie. 'Bones, luister. Wij vormen een team, wij zijn op elkaar ingespeeld. Zij zijn een bij elkaar geraapt zooitje. Ons geheime wapen is: samenspel. We hebben nog anderhalve dag. Er is nog niets aan de hand, we hebben nog alle kans om te winnen.'

Ik had nog nooit aan haar woorden getwijfeld, nog nooit. Dit was echt de allereerste keer.

Weet je wat mijn moeder 's avonds aan tafel zei toen ik het vertelde?

'Als het misloopt, kun je toch bij een andere club gaan spelen?'

Grrr!

'Je snapt er niks van!' riep ik. 'Als papa bij jou wegloopt, zeg ik ook niet: "Je kunt toch met een andere man gaan trouwen?"'

'Nou, waarom eigenlijk niet?' vroeg mijn moeder lachend.

Heel grappig. Mijn vader werd er ook boos om.

'Die jongen heeft het over trouw aan wat je liefhebt!' riep hij, terwijl hij met zijn vuist op zijn hart sloeg. 'Over vechten voor je eigen club, voor je familie… voor je…'

'Ach, overdrijf toch niet meteen zo,' zei mijn moeder.

Tom ging door de kamer marcheren. 'Ruzie! Ruzie!'

'Ik ga naar boven,' mompelde ik.

Loodzwaar van alle zorgen liep ik de trap op. Ik kwam bijna niet omhoog. Het was duidelijk: we gingen verliezen. De Dakota's kregen de Postzegel. We konden nergens meer trainen. Dus waren we tante Corrie kwijt. En ons bestuur. En elkaar ook.

Wat moest ik dan beginnen?

De Rolling Bones gaan ooooit verloren. Knoop dat in je oren, van achter en van voren…

12

De laatste trainingsdag.

Voordat we begonnen, probeerde Gloria het nog één keer. 'Tante Corrie, kunnen we echt niet weigeren? We hebben nooit gezegd dat we van de vijf beste spelers van de stad kunnen winnen. Daar ging die weddenschap toch helemaal niet over?'

Tante Corrie deed zo rustig mogelijk, maar ik zag heus wel dat zij ook zenuwachtig was.

'We hebben niets,' zei ze. 'Geen contract, geen wedstrijdregels. Nergens staat dat zij geen andere spelers mogen kopen.'

'Maar stel dat we verliezen,' zei ik. 'Stél… wat dan?'

Soms is stilte zo pijnlijk.

We keken allemaal naar Puck, die in gevecht was met de hockeystick van Gloria. Woest grommend sleepte hij hem achter zich aan, de Postzegel over.

'We moeten iets verzinnen,' zei Gloria peinzend. 'Een list.'

'Kietelen!' bedacht Sammy. 'Als mijn vader mij kietelt met vechten, verlies ik altijd.'

'Mag niet, Sammy,' zei Gloria.

'We gebruiken doping!' bedacht Idris.

'Mag niet, Idris,' zei ik.

Toen stak Gloria haar vinger in de lucht. 'Ik weet wat! We kopen ze terug om. We geven ze geld als ze morgen niet meedoen.'

'Jaaa!' riep Idris. 'Wat zij kunnen, kunnen wij ook!' Hij frummelde wat in zijn broekzak en haalde er een tientje uit tevoorschijn. 'Tadaaa!'

'Nee Idris,' zei tante Corrie zacht (voor haar doen). 'Wat zij kunnen, kunnen wij nu juist niet. Het gaat in die wereld niet om tientjes. Ik durf te wedden dat er echt met grof geld is gesmeten.' Ze stond op, en brulde ineens met haar trainersstem: 'Bones, er zijn twee mogelijkheden: winnen of verliezen. Wat kiezen we?'

'Winnen,' antwoordden wij braaf.

'Mooi zo. Mag ik dan als de wiedeweerga twintig rondjes slang?'

Dit is de slang:

Samenspel, dat was ons geheime wapen. We moesten doen alsof we één dier waren. Alsof we aan elkaar vastzaten met dikke, soepele kabels.

'Hou elkaar goed in de gaten!' riep tante Corrie. 'Als Idris naar voren gaat, moet zijn plek meteen gedekt worden. Denk eraan: jullie zijn maar met zijn vieren.'

'Huh? Met zijn vijven toch?' vroeg Sammy verbaasd.

Gelukkig knikte tante Corrie. 'Inderdaad. Jij bent stoorzender. Wat jij moet doen is de Dakota's voor de voeten rijden. Gewoon lekker in de weg rijden. Hinderen die hap.'

Sammy straalde. 'Roel, ik ben stoorzender!' riep hij trots.

Roel stak zijn duim op, voorzover dat mogelijk was met zijn goaliehandschoen. Voor Roel was het ook spannend, bedacht ik me. Morgen stond hoogstwaarschijnlijk Ed het kanon voor hem, met zijn stick in de aanslag.

Als ik goalie was, zou ik het wel weten: wegwezen!

O ja, moet je zien:

Tante Corrie stapte meteen op hen af. 'Wat zijn wij aan het doen?'

Ze keken niet eens op! En herken je die derde man? Het is meneer Brunet, de Dakota-vader met wie Idris de weddenschap had afgesloten.

'Goedemorgen! Alles goed, jongens?' riep hij. 'We komen even wat dingetjes bekijken. Stoor je niet aan ons, hoor!'

Toen liep hij naar het keetje en tekende er met een krijtje een groot vierkant op. 'Hier dus het loket,' zei hij tegen de mannen. 'En hier…' Hij tekende er een kleiner vierkant naast. '… de frisdrankautomaat. Ik heb al een dealtje met Pepsi.'

Hij liep naar het hek. 'En dan hierboven die grote boog met de naam erop. Ik denk "Dakota-City". Zie je het voor je?' Hij lachte tevreden.

Je snapt natuurlijk wel dat tante Corrie ze heeft wegge-
stuurd op een manier die ze niet snel zullen vergeten. Maar
toch, erg hoopvol werden we er niet van.

Na de training kwam ons bestuur. Mevrouw Stam had acht
blikjes sinas en één blikje bier bij zich.

'Heerlijk, sinas!' riep Leo.

Mevrouw Stam schrok. 'O, Leo, ik heb niet… ik dacht werkelijk dat jij bier zou willen!'

'Vergeet niet dat onze goede vriend graag grapjes maakt,' zei
meneer Admiraal.

'O!' Mevrouw Stam lachte met haar hand voor haar mond,
net een meisje. 'Leo, Leo,' zei ze, terwijl ze hem het pilsje gaf.

Gloria hield haar blikje in de lucht. 'Proost Postzegeltje, we
houden van jou!'

'Ja, dus wil je alsjeblieft morgen de Dakota's laten struike-
len?' vroeg Idris. 'Gewoon af en toe onverwacht een tegeltje
omhoog drukken.'

Het bestuur zat op de bank, tante Corrie op haar krukje en
wij op de grond eromheen. Puck was druk bezig een scheen-
beschermer van Roel te vermoorden. Hij schudde er zo wild
mee dat het net leek of het ding terugvocht.

Het keetje stond nog net in de zon, de rest van de Postzegel
lag al in de schaduw. Het witte vierkant dat meneer Brunet op
het keetje had getekend werd fel verlicht. Dat moest dus een luik
worden om patat doorheen te serveren. En een frisdrankautomaat. En een grote boog waar 'Dakota-City' op stond. En zeker
een parkeerplaats voor al die dikke auto's. En een stalling voor
de dure scootertjes. En een kapsalon voor ijdeltuit Joachim.

Ik kon mijn sinas bijna niet door mijn keel krijgen, zo dicht
zat die. Met Kit hadden we nog een kans gehad tegen die reuzen. Maar nu…

Ik aaide met mijn hand over de grond. 'Vaarwel, Postzegeltje,' fluisterde ik, zonder mijn mond te bewegen.

13

Hoofdstuk dertien, het ongeluksgetal voor de dag van de wedstrijd.

Ik werd wakker met mijn helm op. Ik slaapwandel namelijk, dus ik had waarschijnlijk weer over skaten gedroomd.

Mijn vader en moeder waren die ochtend heel erg aardig voor me. Zoals je doet tegen iemand die je zielig vindt.

'We komen je aanmoedigen, hoor!' zei mijn vader.

Ook dat nog.

Ik at snel een boterham, of liever gezegd: ik drukte hem naar binnen. Toen ben ik maar gegaan.

Ze waren er allemaal al.

(Behalve tante Corrie.)

'Ik heb gisteren Kit nog gebeld,' vertelde Gloria. 'Om te vragen of ze niet heel, héél toevallig een vrije dag heeft vandaag.'

'Nee dus,' zei Idris.

'Inderdaad, ze moet zelf een wedstrijd spelen.' Gloria trok Sammy op schoot. 'Dus nu ga jij de doelpuntjes voor ons maken, hè?'

Ik werd er misselijk van. Zo praat je tegen een baby en niet tegen een sportman.

Roel stond op om de doelen klaar te gaan zetten.

'Hé, laten we het keetje in de fik steken! Als ze dan winnen, hebben die Dakota's alleen maar een hoopje as!' Dat riep Idris.

Zo keek Gloria hem aan:

'Grapje,' zei Idris dunnetjes.

'Weet ik,' antwoordde Gloria, zonder de uitdrukking op haar gezicht te veranderen. 'Je ziet toch dat ik in een deuk lig?'

Oei, lekker sfeertje. En dan te bedenken dat samenspel ons geheime wapen moest zijn...

Toen hoorden we tante Corrie aankomen. (Heb je wel eens iemand horen snurken? Nou, precies zo klinkt haar fiets.)

'Goeiemorgen Bones!' riep ze. 'Het is een prachtige dag voor een grote overwinning!'

Nou zeg, die had er echt zin in.

'Mensen, in de benen!' brulde ze.

'Twintig rondjes?' vroeg Idris.

Tante Corrie schudde haar hoofd. 'Ga maar in een kringetje staan.' Ze haalde een briefje tevoorschijn.

Verbaasd deden we wat ze vroeg.

'Handen vast!' riep tante Corrie.

Gloria en Sammy waren de enigen die gehoorzaamden.

'Ik zei...' begon tante Corrie.

'We zijn toch geen meisjes,' zei Idris.

Sammy trok meteen zijn hand los.

'Idris,' zei tante Corrie zogenaamd kalm. 'Wat was ons geheime wapen ook al weer?'

'Samenspel,' antwoordde Idris.

'Juist. Dus waar gaan we deze training aan werken?'

Dit moesten we doen: twintig rondjes rijden, maar dan hand in hand, in een kringetje. Met zijn vieren iemand optillen en dan heel voorzichtig naar de overkant schaatsen. Aanvallen op het doel oefenen, maar dan met één stick. (Dus als je had overgespeeld, moest je razendsnel de stick nabrengen.) Met zijn vieren één stick vasthouden en dan scoren. Geblinddoekt schaatsen, terwijl de anderen schreeuwden om te zorgen dat je niet viel of botste.

Dat soort dingen. SAMENSPEL.

Ik dacht eerst: zonde, zonde, zonde van de tijd! Maar na een halfuurtje begreep ik de bedoeling wel. We waren rustig en geconcentreerd en hielden elkaar constant in de gaten. We werden één groot dier met, even tellen, twintig poten.

Ik dacht: ons geheime wapen gaat ons redden. Heel even zag ik het weer zitten. Héél even, want toen kwamen zij:

Ik heb geen speciale lens gebruikt, hoor! Dit waren ze echt, vijf stuks. En dan droegen ze hier nog niet eens hun schouderstukken.

De Dakota's kwamen er als jonge eendjes achteraan.

Joachim liep vlak langs de bank waarop wij zaten, en lachte zijn muizengebitje bloot. 'Slim, slimmer, slimst!'

'Vuil, vuiler, vuilst, zul je bedoelen,' riep Idris meteen. 'Laf, laffer, lafst!' Hij bleef maar doorgaan terwijl Joachim allang was doorgelopen. 'Slap, slapper, slapst! Laag, lager…'

'Idris, stop maar,' zei Gloria.

De tribunes van de Postzegel waren langzaam aan het volstromen. (Nou ja, tribunes, de mensen gaan gewoon om het pleintje heen staan.) Die Dakota's hadden blijkbaar hun hele familie uitgenodigd.

Onze fans hebben gewoon ratels en toetertjes, die van hen hebben complete drumstellen en scheepshoorns met accu's.

De Dakota's gingen zich verkleden in het keetje. Toen hoorden we tante Corrie ruziemaken met hun trainer. 'Over mijn lijk!' riep ze.

Wat was nou het geval? De Dakota's hadden de officiële scheidsrechter afgebeld en er zelf een meegenomen. Reken maar dat die wat vijftigjes toegestopt had gekregen om hen te laten winnen!

'Laten we nu even niet zo kinderachtig doen!' zei meneer Brunet.

Tante Corrie stond dicht bij hem, met haar armen over elkaar. 'Je belt nu de gewone scheidsrechter en anders kunnen jullie nokken.'

'Yes, tante Corrie!' zei Gloria zacht.

Iedereen gehoorzaamt tante Corrie, zelfs meneer Brunet. Hij ging staan smoezen met die meegebrachte vent, die kort daarop vertrok.

'Hoi Jor!' Daar waren mijn ouders. Mijn vader heeft een klein vlaggetje met: *Hup Bones!* erop. Ik heb al zo vaak gevraagd of hij dat thuis wil laten, maar het helpt niet.

Ik probeerde zo min mogelijk naar die ingehuurde dinosaurussen van de Dakota's te kijken. Ze hadden nu hun skate-kleren aan. De meesten kende ik wel van gezicht of zelfs van naam, maar vandaag leken ze twee keer zo breed als anders. Jemig, wat een bonken van kerels!

Wij zaten als bange vogeltjes op de bank.

'Misschien zijn ze wel allemaal heel erg dom,' zei Idris zacht. 'Dat is meestal zo bij dat soort types.'

'En wat hebben wij daaraan?' vroeg ik.

Idris gaf geen antwoord.

Daar was de officiële scheidsrechter. Hij gaf de trainer van de Dakota's een hand en daarna tante Corrie. Toen blies hij hard op zijn fluitje. Het deed zeer aan mijn oren, net of er een alarm afging.

14

Zoals verwacht gingen alle Dakota's op de reservebank. We moesten het opnemen tegen vijf bavianen. Onze Sammy leek eerder op een schattige mascotte dan op een echte speler.

We stonden in een kringetje om tante Corrie heen. Ze kauwde constant op haar tong, daaraan zag ik dat zij ook zenuwachtig was. 'Bones, speel vandaag met de bliksem in je donder! Laat die slappe yuppen zien dat niet álles te koop is!'

Ik kreeg het er warm van. We ramden met onze vuist op onze borst, precies op de plek van het skatertje, en bruilden: 'BONE OP DE BORST, BONE IN DE BORST!'

Idris moest starten. (Dat gaat zo: de scheidsrechter gooit de bal tussen de twee aanvoerders en wie er het eerst bij is, die heeft hem. Nou ja, logisch eigenlijk.)

'Hé huurling, je krijgt vijf euro als je hem laat liggen,' siste Idris tegen de inval-Dakota.

Die deed of hij het niet hoorde.

Idris was het snelst. Hij speelde meteen over naar Gloria, die schoof de bal door naar mij. Ik nam rustig de tijd. Ik wist precies waar de anderen stonden. Ik was niet Jordan Blaak, ik was een Rolling Bone. Ik hoefde niet te kijken, ik vóelde waar iedereen was.

Tante Corries training had effect: we waren goed, erg goed...

... maar dat waren zij ook. We kwamen gewoon niet door die Dakota-muur heen. Als zij eenmaal aan de bal waren, leek het wel of wij niet meer bestonden. We vochten als beesten en Roel was echt ongelooflijk goed. Toch viel er een doelpunt in de elfde minuut.

PÈÈÈP! Meteen lieten hun fans de toeters loeien. Ik háátte hen! Ik kan heus wel tegen mijn verlies, maar dit was zo oneerlijk!

Meneer Admiraal ging zingen van de Rolling Bones gaan nooit verloren, onze fans deden meteen mee.

Stand in de eerste rust: één-nul.

Gloria had gehuild, dat zag ik aan de zwarte vegen over haar gezicht. Sammy was al bijna uitgeput, die had geschaatst alsof zijn leven ervan afhing.

'Bones, één-nul stelt niks voor,' zei tante Corrie. 'We gaan straks vol in de aanval. Zodra je de bal hebt: naar voren en scoren!'

Idris aan bal, hij deed wat tante Corrie zei: naar voren, naar voren, hij schoot… gestopt.

Ik kreeg ook een mooie kans. Ik stond alleen voor het vijandige doel en schoot zoals ik nog nooit geschoten had… plop, gestopt. Het leek wel of ze een matras voor het doel hadden gezet, we kwamen gewoon niet voorbij die reuzengoalie.

Stand in de tweede rust: één-nul voor de vijand. Op de tribunes was het nu griezelig stil. Misschien voelden zelfs de Dakota-fans wel aan dat het niet helemaal lekker was wat hier gebeurde.

We stonden dicht bij elkaar om tante Corrie heen. Sammy zat op de grond met zijn hoofd omlaag. Hij hijgde als een hondje op een hete zomerdag. Gloria goot scheutjes water in zijn nek. Het viel me mee dat het niet siste.

Ik keek naar de Dakota-bank. Joachim ving mijn blik en

zwaaide opgewekt. Ik was blij dat Idris het niet zag, want die was meteen gaan rammen.

'Tante Corrie, we redden het niet, hè?' vroeg ik.

Ze keek me aan en dacht na. En toen pas zei ze: 'Natuurlijk redden we het wel.'

Ik wist genoeg. Zo deed ze anders nooit. We hebben wel eens met negen-nul achter gestaan en toen we nog vijf minuten hadden riep ze: 'We kunnen nog altijd winnen!'

(Negen-één werd het.)

'O, laat er alsjeblieft een wonder gebeuren!' riep Gloria wanhopig.

'Ik ben een stomme koe,' zei Idris zacht. 'Ik had het nóóit moeten afspreken.'

Ik dacht: dit is het wonder, dat Idris dát toegeeft.

15

Maar ik had het mis. Het echte wonder moest nog komen.

Het echte wonder kon schelden en mopperen en schreeuwen!

Het echte wonder reed op skates!

Het echte wonder was:

'KIT!' schreeuwde Idris met overslaande stem.

'Hé, wacht even op mij! Ik doe mee, hoor! Of zijn jullie al klaar?' Met een rood hoofd van de hitte kwam ze de Postzegel op racen. Onze fans op de tribune herkenden haar meteen en begonnen te juichen: 'KITJE, KITJE, KITJE!'

'Die lui van Oranje zijn echt gek, man!' riep Kit. 'Ik ga toch zeker niet met gekken werken? Ik ben niet gek!'

Ah, dat klonk als muziek in mijn oren!

Prrrt, daar klonk het fluitje van de scheidsrechter. Tante Corrie nam snel een besluit: 'Sammy op de bank. Je hebt prima gespeeld, jochie. Kit, opstelling van het zomertoernooi.'

Kit knikte, we sloegen onze handen tegen elkaar en reden het plein op.

'Dus ik mag gewoon terugkomen?' vroeg Kit nog aan tante Corrie.

'Maak jij als de wiedeweerga twee doelpunten,' antwoordde tante Corrie. 'Dan praten we nergens meer over.'

Dynamite Kit.

Zodra het spel begonnen was, spoot ze op de bal af. Binnen een paar tellen had ze hem afgepakt. Ze wipte hem op en schoot hem door de lucht naar Idris, over de hoofden van de verbaasde Dakota's heen. Idris nam hem aan en rolde hem precies naar de plek waar Kit intussen stond. Kit brulde een Tarzankreet, haalde uit en...

Doelpunt!

Eén-één in de tweede minuut. Je had onze fans moeten horen! Die Dakota's konden wel inpakken met hun scheepstoetertjes!

Snel, snel, we hadden nog dertien minuten.

De trainer van de Dakota's zette meteen twee spelers op Kit. 'Erbij blijven!' hoorde ik hem zeggen.

Kit werd woedend. 'Hé, haal die boekensteunen van me af!' riep ze.

Maar wat ze ook probeerde, hoe hard ze ook heen en weer schaatste, die twee bleven als magneten aan haar vastplakken.

Tante Corrie vroeg snel een time-out.

'Kit, ophouden met schelden,' zei ze streng. 'Anders zit je zo op de strafbank, en dan hebben we helemaal niks! Lok die twee lijfwachten maar weg. Dan hebben Jordan, Gloria en Idris lekker de ruimte.'

Nog negen minuten.

Kit knalde bijna uit elkaar van irritatie, maar ze hield braaf haar mond.

We speelden niet meer naar haar, want die ballen kwamen toch niet aan. Maar het was inderdaad zo dat zij twee spelers bezighield. We speelden nu dus eigenlijk drie tegen twee.

Een Dakota had de bal. Getoeter en geschreeuw op de tribune. Hij sloeg meteen keihard in de richting van ons doel, ik hoorde het fluiten. Een andere Dakota nam hem aan, hij schoot, ik zag dat Gloria een schietgebedje deed...

Gestopt door Roel.

(Zelfs op de meest spannende momenten staat Roel in het doel alsof hij zich te pletter verveelt. Maar dan, op het allerlaatste nippertje, steekt hij een arm of een been uit en... jammer dan!)

'Roelie, Roelie, Roelie!' schreeuwden onze fans.

Nog drie minuten.

Roel speelde de bal naar Gloria. Zij reed schuin naar voren en speelde hem door naar mij.

We hadden het nooit afgesproken, nooit geoefend, maar ik voelde het: hier kwam de Bones-truc. Alsof het ons was ingefluisterd door een onzichtbaar engeltje.

Kit leidde die twee bromvliegen af.

Idris reed naar het doel en riep: 'Jordan, hierheen!' Véél te opvallend.

Ik knikte zo duidelijk mogelijk, terwijl mijn hart harder bonkte dan de trommels van de Dakota's.

'Dekken die gozer!' riep hun trainer snel.

Ze waren geen team, ze voelden niet wíe er moest dekken. Twee reuzen reden op Idris af.

'Oké Idris, daar komt-ie!' riep ik.

Ik reed twee slagen en mepte...

Maar ik sloeg lucht, want de bal had ik stiekem achtergelaten voor Gloria.

In een rechte lijn kwam ze aangeschaatst, ze nam de bal mee en voordat iemand het in de gaten had, haalde ze uit. Gloria kan niet zo goed schieten, dat moet gezegd. Maar het was nu zo onverwacht en ze stond bijna ín het doel en de goalie was nog met zijn aandacht bij Idris, dus...

TWEE-ÉÉN!

En vrij snel daarna klonk het eindsignaal.

Je begrijpt zeker wel waarom alle Rolling Bones de dag daarna hees waren. Wat heb ik geschreeuwd, zeg! En onze fans waren nog erger. (Zelfs mevrouw Stam!)

Soms hijsen spelers hun trainer op de schouders na een mooie overwinning. Ik wil geen beledigingen over tante Corrie horen, maar dát zou bij haar nou eenmaal niet kunnen. Maar we sloegen haar wel allemaal op haar rug en zo. Ze stond daar maar te grinniken, aan één stuk door. Ze had haar armen over elkaar, het enige wat bewoog waren haar schouders.

'Allemachtig Bones,' zei ze ten slotte. 'Wat maken jullie me hiermee gelukkig!'

Hier zou eigenlijk een foto van Kit moeten, maar die is mislukt omdat ze steeds bewoog. Zij leek wel een stuiterballetje, om over de herrie die ze maakte maar te zwijgen. 'Ik mag terug, ik mag terug, ik mag terug!' riep ze aan een stuk door.

Later vertelde ze hoe erg het was geweest bij Jong Oranje.

'Weet je wat ik moest leren bij die gekken? Het Wilhelmus! Ik zeg: ik ga echt niet zingen, het is hier toch geen koor! En ik moest de eerste wedstrijd op de bank. Ik heb toch zeker wel wat beters te doen? Ik zei: bij de Bones hoef ik nooit op de bank, nóóit! En vandaag bij de training kreeg ik aan één stuk door commentaar. Dat mijn shirt niet gestreken was, dat ik zachter moest praten, dat ik moest leren stilstaan. Tsss, ik ben daar niet heen gegaan om stil te staan! Dat is toch zo, tante Corrie? En dat ik een grote mond had. Ik zeg: beter een grote mond dan helemaal geen mond. Die vent had namelijk geen lippen, heel akelig. Toen moest ik weer op de bank. Nou, niet dus, hè? Ik heb mijn shirt voor zijn voeten gegooid en ben zo naar jullie toe gereden.'

Gloria liep naar het midden van de Postzegel. Ineens zakte ze door haar knieën, heel langzaam. Eerst schrok ik, want ik dacht dat ze ziek was. Maar toen hoorde ik haar zeggen: 'Dag pleintje, je blijft lekker van ons, hoor!'

Kijk, ons grote zoenmonster:

Best lief. Ik had háár wel een kusje willen geven, maar dat heb ik natuurlijk niet gedaan.

Toen kwam meneer Brunet naar ons toe. 'Proficiat, jongens!' riep hij. 'Het was kantje boord, maar jullie hebben het gered.'

Heel vrolijk was hij. Zes maanden zaalhuur, wat kon hem dat ook schelen. Hij haalde een leren mapje uit zijn binnenzak. 'Even kijken, zes maanden, elke dag. Dat is, naar boven afgerond natuurlijk… Laten we zeggen… twintigduizend.' Hij trok een stapel flappen uit dat mapje en duwde ze zo onder tante Corries neus. 'Kijk eens: eerlijk is eerlijk!'

Wow, het leek wel een film over de maffia.

Tante Corrie keek er niet eens naar. Ze deed nog een stap naar voren, zodat ze meneer Brunet bijna omver drukte, en zei: 'We hoeven jullie centen niet. Koop er maar een onsje fatsoen van, dat kunnen jullie wel gebruiken. Hoewel, ik denk niet dat dat lukt, sommige dingen zijn nu eenmaal niet te koop!'

Ze draaide zich om en liep weg. 'O ja,' zei ze nog. 'Haal die graffiti even van ons keetje af.'

Stomverbaasd keken we haar na.

'Wat doet zíj nou?' mompelde Idris.

Maar Sammy liep stoer achter tante Corrie aan. 'En snel een beetje,' zei hij over zijn schouder tegen meneer Brunet.

16

Langzaam maar zeker verliet iedereen die bij de Dakota's hoorde de Postzegel, de invalspelers, de fans, de trainer en de Dakota's zelf.

Meneer Brunet was een sportieve verliezer, dat moet ik echt toegeven. Alsof het de gewoonste zaak van de wereld was, had hij het geld weer opgeborgen. 'Even goede vrienden,' zei hij lachend. 'Jongens, het beste!'

Idris schaatste naar de uitgang en ging daar aan het hek staan frommelen. Ik snapte wel waarom, hij wilde Joachim 'uitzwaaien'.

Kijk, hier heb je mijn foto, getiteld 'De afgang'.

Idris stak zijn hand op. 'Lekker gespeeld, hè?' En toen Joachim langskwam, met zijn hoofd de andere kant op gedraaid, zei Idris: 'Slim, slimmer, slimst? Jam, jammer, jamst, zul je bedoelen!' En daar moest hij zelf zo om lachen dat hij er ademnood van kreeg.

Na een halfuurtje waren ook onze supporters vertrokken. Tante Corrie en het bestuur zaten op het bankje, maar wij hadden de rust niet. We bleven maar rondjes rijden en zingen en Sammy optillen. Gloria zoende alles wat los en vast zat en Kit zong wel honderd keer het Wilhelmus. (Ze wist alleen de eerste woorden, zo: Wilhelmus van Nassaue, lalalalahala laaaa!')

We speelden de Bones-truc nog een keertje na, maar zo mooi als de eerste keer ging hij niet meer.

Toen kregen we een bekertje cola en we proostten op de Postzegel, op Kit, op tante Corrie, op ons bestuur, op Sammy, kortom: op de Rolling Bones!

Toen ik thuiskwam lag er een brief op me te wachten. Onze 'zaak' was aan de beurt. We moesten bij een rechercheur komen. Die hoorde ons hele verhaal nog eens aan. We hoefden gelukkig niet de gevangenis in, we hoefden zelfs geen boete te betalen. Maar we kregen wel een taakstraf. Elke ochtend van zes tot acht. En wat we moesten doen, dat heb je dus al gezien op de allereerste foto. Toen ik zei: 'We zijn geen krantenbezorgers, we zijn SKATE-HOCKEYERS!'

Mirjam Oldenhave

Mirjam Oldenhave is geboren in 1960. Na haar schooltijd in Nijmegen gaf ze tien jaar toneellessen op een school voor zeer moeilijk opvoedbare kinderen. Daarnaast speelde ze zelf ook mee in een toneelgezelschap dat door het land trok.

Niet lang daarna is ze naar Amsterdam verhuisd. In die tijd begon ze met het schrijven van kinderboeken.

Op dit moment schrijft Mirjam Oldenhave drie dagen per week op haar laptop in de keuken. De andere dagen bezoekt ze scholen en bibliotheken om te vertellen over het schrijven. Ook geeft ze les aan mensen die kinderboeken willen schrijven.

Samen met haar vriend is ze pleegouder voor kinderen bij wie het thuis mis is gegaan. Alle kinderen die bij Mirjam wonen of gewoond hebben, komen wel ergens terug in een van haar boeken.

Ze heeft een hond, Ollie, een lieve, sullige labrador. Als ze met hem wandelt, neemt ze altijd een vraag over een boek in haar hoofd. Bijvoorbeeld: *Zal ik het fototoestel van Jordan kapot laten vallen? (of is dat te zielig?)*

Als ze thuiskomt, weet ze meestal het antwoord.

Naast het schrijven speelt Mirjam accordeon in een bandje. Ze maken muziek op feesten of andere speciale gelegenheden. En ze hebben ook een boekenprogramma, speciaal gemaakt voor scholen.

Haar boek *Donna Lisa* is bekroond met een *Vlag en Wimpel*.